Alfons Schweiggert

Weihnachtsmärchen aus Bayern

Weihnachts Märchen aus Bayern

Alfons Schweiggert

BAYERLAND

Bibliografische Information der Deutschen Nationalbibliothek

Die Deutsche Nationalbibliothek verzeichnet diese Publikation in der Deutschen Nationalbibliografie; detaillierte bibliografische Daten sind im Internet über http://dnb.dnb.de abrufbar.
ISBN 978-3-89251-550-0

MIX
Papier aus verantwortungsvollen Quellen
FSC® C014138
FSC
www.fsc.org

Für uns, die Battenberg Bayerland Verlag GmbH mit all ihren Imprint-Verlagen, ist Nachhaltigkeit ein wichtiger Teil unserer Unternehmensphilosophie. Daher achten wir bei allen unseren Produkten auf den Einsatz umweltschonender Ressourcen und Materialien.
Dieses Buch wurde auf FSC®-zertifiziertem Papier gedruckt. FSC (Forest Stewardship Council®) ist eine nicht staatliche, gemeinnützige Organisation, die sich für die verantwortungsvolle und ökologische Nutzung der Wälder unserer Erde einsetzt.

Unsere Partnerdruckerei kann zudem für den gesamten Herstellungsprozess nachfolgende Zertifikate vorweisen:
- Zertifizierung für FOGRA PSO
- Zertifizierungssystem FSC®
- Leitlinien zur klimaneutralen Produktion (Carbon Footprint)
- Zertifizierung EcoVadis (die Methodik besteht aus 21 Kriterien in den Bereichen Umwelt, Einhaltung menschlicher Rechte und Ethik)
- Zertifikat zum Energieverbrauch aus 100 % erneuerbaren Quellen
- Teilnahme am Projekt „Grünes Unternehmen" zum Schutz von Naturressourcen und der menschlichen Gesundheit

Titelabbildung: Vignellis, www.freepik.com
Abbildungen im Innenteil: www.freepik.com; S. 131 Alfons Schweiggert (München), nachgezeichnet von Nancy Marcisz

2. Auflage 2025
ISBN 978-3-89251-550-0

Battenberg Bayerland Verlag GmbH · Pfälzer Straße 11 · 93128 Regenstauf
www.battenberg-bayerland.de
Fragen zum Buch? Direkt an produkt@battenberg-bayerland.de

INHALT

Winter-Wunder-Märchenzeit

Der Winter ist eine dunkle Zeit. Je später es Tag wird, umso früher wird es Nacht. Gerne würden wir es wie die Tiere machen und Winterschlaf halten. Aber wir haben ja Kerzenlicht und elektrisches Licht im Haus, das macht die Dunkelheit erträglich.
Kaum eine Jahreszeit hat so viele Fest- und Feiertage wie der Winter: Advent, Nikolaus, Weihnachten, Silvester, Neujahr und Dreikönig purzeln nacheinander daher, so dass wir keinen Tag Langeweile verspüren.
Stets ist Weihnachtszeit auch Märchenzeit. Gemütlich sitzen wir in der warmen Stube um den Adventskranz, während es draußen stürmt und schneit und lassen uns in dieser heimeligen Atmosphäre von Märchen verzaubern.
Auch geheimnisvoll ist der Winter. Hörst du nicht, wie der Nikolaus an die Tür pocht? Und fliegt am Fenster nicht das Christkind vorüber, oder war es ein unheimlicher Raunachtsgeist? Doch das Feuerwerk an Silvester vertreibt mit seinem Lärm alle bösen Geister und erinnert den frostigen Winter an sein Ende. Eiseskälte, tiefer Schnee, dichte Nebel und wilde Stürme machen uns Angst, dass die dunkle, kalte Zeit nicht mehr vergehen könnte.
Doch zum Glück ist die Winterzeit auch fröhlich. Auf geht's zum Schneemann-Bauen, zur ersten Schneeballschlacht, zum Schlittenfahren, Skirennen oder Schlittschuhlaufen!
Für alle Advents- und Weihnachtsfeiertage findet sich in diesem Buch ein wunderliches, anrührendes oder auch humorvolles Märchen, das Erinnerungen an die eigene Kindheit weckt und zum Vor- und Selberlesen einlädt.

Alfons Schweiggert

Das Märchen von den schönsten Weihnachtsmärchen

In einem alten Haus in den bayerischen Bergen wohnte oben in einer kleinen Dachstube ein armer Dichter. Der saß von morgens bis abends an seinem Tisch, schrieb und las und blickte träumend vor sich hin. In seinem Herzen glühte ein heißer Wunsch. Er wollte die schönsten Weihnachtsmärchen schaffen, die seinen Namen für alle Zeiten berühmt machen sollten. Aber noch immer hatte er kein einziges Märchen geschrieben. Noch immer fühlte er hierzu seine Kraft zu schwach.

Das Leben dieses Dichters war äußerst dürftig. Sein Essen bestand meistens aus gelbgrauen Kartoffeln und dünnem Kaffee. An manchen Tagen musste er sogar hungern. Doch das bereitete ihm die wenigsten Sorgen. Sobald er die Werke der berühmten Schriftsteller las, die vor ihm Herrliches geschrieben hatten, vergaß er die Welt mit ihrem Jammer und ihren Sorgen. Trotz aller Not lebte er im Reich der Phantasie wie ein König. Von seinem Dachfenster aus hatte er einen herrlichen Blick über Wiesen und Fluren weit hinein in die wunderbare Bergwelt. Die untergehende Sonne warf ihm jeden Abend goldene Strahlen in die ärmliche Stube. Wenn dann die Dämmerung ihre grauen Schleier über das Land breitete, griff er nach seinem Hut und machte, um Licht zu sparen, noch einen ausgedehnten Spaziergang. Er atmete die reine Bergluft, die ihn erfrischte und blickte hinauf zum aufgehenden Mond und zu den Tausenden von blinkenden Sternen. Wie so oft drängte es ihn auch heute hinaus in Richtung der Felder.

Gerade um diese Zeit aber ging es droben im Himmel, wo sonst heilige Ruhe zu herrschen pflegt, recht turbulent zu. Es waren

nämlich nicht einmal mehr zwei Monate bis Weihnachten und die kleinen Engel hatten den Auftrag, alle himmlischen Lichter fein säuberlich zu putzen, damit sie am Heiligen Abend und zur Weihnachtszeit auch so richtig hell erstrahlten. Auch Sterne werden nämlich mit der Zeit grau und blind und weisen bedenkliche Flecken auf. Die Engel eilten daher mit Gießkannen und Wasserkrügen umher und schwemmten den Schmutz fort, so dass auf die Erde immer wieder kräftiger Novemberregen herabprasselte. Danach griffen die himmlischen Wesen nach flauschigen Wollebällchen und begannen damit die Sterne zu polieren. Die verbrauchten Bauschen warfen sie fort und sie fielen zur Erde und die Kinder riefen: „Hurra, es schneit!". Bisweilen blitzte auch die Sonne zwischen den Wolken hervor, denn auch sie wurde von den Engeln nicht vergessen. Und immer, wenn sie ein Stück der Sonne poliert hatten, wurde es auf der novembertristen, grauen Erde ein wenig hell.
Eines Tages aber verhielt sich ein Englein bei dieser Arbeit derart ungeschickt, dass ihm sein Stern entglitt und auf die Erde herabpurzelte. Da es bereits dämmrig war, glaubten manche Menschen, der niedergleitende Stern sei eine Sternschnuppe. Das Englein aber fing zu weinen an. Das Wimmern lockte den Heiligen Petrus herbei. Als er bemerkte, was geschehen war, sagte er zu dem Pechvogel: „Nun, was passiert ist, ist nun einmal passiert. Flieg jetzt gleich hinab zur Erde und hol den Stern wieder zum Himmel herauf." Schniefend und mit gesenktem Köpfchen machte sich der Kleine auf den Weg. Er breitete die Flügel aus und glitt zur Erde hinab.
Inzwischen aber war der arme Dichter auf dem Feld angelangt. Ein leuchtendes Etwas, das auf dem Boden lag, nahm seine Aufmerksamkeit gefangen, und sofort strebte er mit langen Schritten auf diese Stelle zu. Er bückte sich und fast erschrak er, als er da einen glänzenden Stern vor sich sah. Behutsam hob er ihn auf und barg

ihn unter seinem Mantel an der Brust. Dann eilte er nach Haus. Als er in seinem Kämmerchen den Stern hervorholte, erfüllte den Raum ein märchenhaftes Leuchten, so dass der Dichter seine Blicke von dem funkelnden Fundstück nicht mehr lösen konnte. Vielleicht, so dachte er, ist das ja mein Glücksstern.
Während er so in Gedanken vor sich hinträumte, klopfte es leise an die Türe. Erst hörte er es nicht. Erst als sich das Klopfen etwas lauter wiederholte, hob er den Kopf und rief: „Herein!"
Wie staunte er, als sich die Türe knarrend öffnete und ein leibhaftiges Englein vor ihm stand. „Da ist ja mein Stern", rief der kleine Gast erfreut. Der Dichter bat ihn zu sich an den Tisch und setzte ihn auf seine Knie. „Ist das wirklich wahr", fragte er, „diesen Stern hast du verloren?" Da erzählte das Englein dem Mann von seinem Missgeschick. „Ja, aber wie hast du mich in dieser Dachkammer gefunden", wollte der Dichter wissen. „Ach, mein lieber Herr, das war ganz einfach", erklärte der himmlische Gast. „Als ich vom Himmel zur Erde flog, sah ich den leuchtenden Stern, der auf einem Feld lag. Plötzlich bewegte er sich von der Stelle und ich folgte dem Licht bis hierher in deine Stube."
„Und nun", seufzte der Finder, „willst du mir den Stern sicher wieder wegnehmen?" „Leider ja", nickte das Englein, „denn ohne ihn kann ich nicht in den Himmel zurückkehren." „Das versteh ich", sagte der Dichter, „und deshalb gebe ich dir dieses Schmuckstück auch zurück, allerdings nur unter einer Bedingung." „Was muss ich denn tun", fragte das Englein besorgt. „Du musst mir nur erzählen, wie es bei euch im Himmel zugeht."
Damit war der Engel einverstanden. Er schilderte die Herrlichkeit des Himmels, wo alles glitzert und glänzt, erzählte vom allmächtigen Gott und den Engeln und wie die Schutzengel auf die Menschenkinder acht geben. Er berichtete von allen Heiligen und von Petrus an der Himmelspforte, der jeden Neuankömmling genau

überprüft, bevor er ihm die Türe ins Paradies öffnet. Und der Dichter erfuhr alles über die himmlischen Chöre, die mit Zimbeln und Posaunen die herrlichste Musik durch die Ewigkeit hallen lassen. Und dann erzählte der himmlische Gast ganz ausführlich von Weihnachten, was im Himmel alles passiert, aber auch was sich in dieser hochheiligen Zeit für märchenhafte Geschichten auf der großen weiten Welt ereignen.

Und der Dichter hörte mit großen Augen und weit geöffneten Ohren zu und bekam dabei ganz rote Backen. Als das Englein zu Ende war, gab ihm der Dichter einen herzhaften Kuss und reichte ihm den Stern. Das Englein presste ihn fest an die Brust, um ihn nicht erneut zu verlieren und flog dann zum Fenster hinaus und zum Himmel hoch. Der arme Dichter blickte ihm lange nach.

Dann setzte er sich an den Tisch, legte sich Papier und Feder zurecht und begann zu schreiben. Er schrieb die ganze Nacht hindurch und den ganzen folgenden Tag und dann noch einmal die Nacht. Und dann hatte er ein Buch geschrieben mit all den märchenhaften Geschichten, die ihm der kleine Engel erzählt hatte. Rechtzeitig zum Weihnachtsfest lag das Buch dann unter so manchem Christbaum. Die Kinder riefen mit leuchtenden Augen: „Oh, sind diese Geschichten schön!“ Und immer wieder lasen sie das Buch und konnten davon gar nicht genug bekommen.

Der arme Dichter aber wurde mit seinen Weihnachtsmärchen zu einem berühmten Mann. Gerne erinnerte er sich immer wieder an den kleinen Engel und an jenen denkwürdigen Abend, an dem er seinen Glücksstern gefunden hatte.

Der Wintermond

Vor langer Zeit leuchtete der Mond in der Nacht ganz alleine am Himmel. Um ihn herum war alles schwarz und dunkel. Es war kein einziger Stern zu sehen, weil es nämlich noch keinen gab. In einer Dezembernacht aber war es draußen einmal bitterkalt, so eisigkalt, wie es schon seit langem nicht mehr war. Die Leute in den Häusern heizten ihre Öfen besonders fest ein, denn sie wollten nicht frieren. Kein Mensch und kein Hund und keine Katze wollten in dieser Nacht mehr auf die Straße gehen, so entsetzlich kalt war es draußen.

Es ist klar, dass bei dieser Kälte auch der Mond zu frieren anfing und sich stark erkältete. Plötzlich kitzelte es ihn in seiner Nase. Er konnte sich nicht mehr halten und fing fürchterlich zu niesen an. Da spritzten aus seiner leuchtenden Nase hundert kleine Lichtfunken. Aber der Mond konnte noch nicht zu niesen aufhören. Er nieste mindestens noch zehntausendmal, und jedesmal spritzten mindestens hundert kleine Lichtfunken aus seiner leuchtenden Nase über den weiten, schwarzen Himmel und begannen hell zu blinken.

In der nächsten Nacht sahen die Menschen Millionen von Lichtpunkten am Himmel. Sie nannten sie Sterne. Bis heute haben sie nicht zu leuchten aufgehört.

Die Geschichte von der rutschigen Straße

An einem kalten Wintermorgen waren alle Straßen gefroren. Sie waren spiegelglatt.
Ein Mann fuhr mit seinem Auto aus der Garage auf die Straße. Sofort fing es zu rutschen an. Da half kein Bremsen und Schalten. Er rutschte und rutschte von einer Straße in die andere.
Ein Kind wollte zur Schule gehen. Kaum hatte es die Straße betreten, fing es auch zu rutschen an. Es konnte sich nirgends festhalten und fiel schließlich auf sein Hinterteil und rutschte den Gehsteig entlang.
Ein Hund lief auf die Straße, weil er sein Geschäft erledigen wollte. Aber er kam nicht bis zu seinem Baum. Auf der Straße fing er sofort zu rutschen an. Er bellte und krallte sich fest. Es half nichts. Er fiel auf den Bauch und rutschte und rutschte vor sich hin auf der Straße.
Bald waren viele Autos, Leute, Hunde und Radfahrer auf der Straße, und alle rutschten hin und her, kreuz und quer und vorwärts und rückwärts. Sie rutschten den ganzen Vormittag bis zum Mittag, aber auch am Nachmittag hörten sie nicht zu rutschen auf. Inzwischen hatten sich auch noch Schlittschuhläufer auf die Straße begeben, und die rutschten natürlich auch mit.
Erst am Abend wurde das Wetter auf einmal milder, und das Eis auf der Straße schmolz. Die Autos und Radfahrer konnten endlich bremsen. Die Leute und die Hunde gingen nach Hause. Sie waren todmüde und gingen früh ins Bett. Und alle waren froh, dass kein einziger Unfall passiert war, denn das hätte bei dieser endlosen Rutscherei doch leicht geschehen können, oder nicht?

Das Goldvögelein

Es war einmal ein fleißiger und braver Salzbergarbeiter. Der ernährte mit dem Lohn, den er für seine Arbeit bekam, seine Frau und das einzige Töchterchen recht ordentlich. Eines Tages aber prasselten Erdmassen auf ihn hernieder und begruben ihn unter sich. Da der Vater nun für Frau und Kind nicht mehr sorgen konnte, kehrte in dem kleinen, windschiefen Haus bittere Not ein. Sie verschlimmerte sich bald noch, als ein Sturm im Spätherbst das Dach und die Giebelwand eindrückte und dabei die Kuh und die Ziege zugrunde gingen.

Eines Morgens im Advent sprach die Mutter zu ihrem Töchterchen: „Nun ist das letzte Scheit Holz in den Ofen gewandert, das noch unser Vater, Gott hab ihn selig, gespalten hat. Wenn du nicht in den Wald hinüberläufst und rasch einen Bund dürrer Reiser holst, können wir uns zu Mittag gar keine Suppe mehr kochen!“

„Wenn das so ist, liebe Mutter, dann will ich gleich in den Wald gehen“, antwortete das Mädchen, nahm einen Korb auf den Rücken und ging fort. So viel es aber auch unter den Bäumen suchte, es fand nicht ein einziges Ästchen. Es waren wohl erst Leute im Wald gewesen, die alles Dürrholz gesammelt hatten.

Das Kind war recht traurig und weinte, weil es sich vor der Mutter schämte, wenn es mit leerem Korbe heimkäme. Als es so betrübt herumschlich, sah es auf einmal vor sich einen Haufen Butzelkühe auf dem Boden liegen. So hießen damals die Tannenzapfen.

Ein goldgelbes Vögelein, das auf einem Busch saß, sang in einem fort:

„Mädchen, scheue nicht die Mühe,
trage heim die Butzelkühe!“

Das Kind lauschte einige Zeit dem wundersamen Gesang und sagte dann: „Vöglein, du hast völlig recht. Lieber ein paar Butzelkühe heimtragen als gar nichts! Wenn sie auch schnell verbrennen, so kann die Mutter damit doch wenigstens eine Suppe kochen. Am Nachmittag geh ich dann in einen anderen Wald, wo ich sicher Reisig finden werde.“ Rasch bückte sich das Mädchen und warf so viele Tannenzapfen in den Korb, dass man damit gerade einmal ein Feuer anschüren konnte. Die übrigen ließ sie aber achtlos liegen. Als es mit der geringen Ausbeute heimkam, rief es schon im Hausgang: „Mutter, stell dir nur vor, der ganze Wald ist wie ausgeblasen. Nicht ein einziges Ästchen lag am Boden. Gar nichts war zu finden. Ich wäre sicher leer heimgekommen, wenn nicht ein goldgelbes Vöglein immer gesungen hätte:

„Mädchen, scheue nicht die Mühe,
trage heim die Butzelkühe!“

„O je, du bringst nur diese paar wertlosen Tannenzapfen“, rief die Mutter enttäuscht. „Die geben doch nicht einmal ein richtiges Feuer!“ Sie nahm den Korb vom Rücken ihrer Tochter und schüttete den Inhalt verächtlich in die Holzecke neben dem Herd. Aber, was war das? Das klang und klapperte ja wie lauter Gold und Silber. Rasch bückten sich die beiden und berührten die Tannenzapfen. Das waren aber keine Butzelkühe mehr, sie erblickten vielmehr ein hübsches Häuflein funkelnder Goldstücke. Die glänzten und schimmerten, als kämen sie soeben aus der Münzpresse. Jetzt zündete die Frau schnell ein Licht an und durchsuchte den finsteren Winkel auf das genaueste, um ja kein Goldstück zu über-

sehen. Dann trugen beide den ganzen Reichtum in die Stube und verwahrten ihn in einer Schublade.
„Ach, hättest du doch den ganzen Korb voll solcher Butzelkühe heimgebracht", seufzte die Mutter. „Komm, wir wollen schnell nochmals in den Wald eilen und alle Butzelkühe holen, die noch draußen zu finden sind!" Und schon rannten beide in den Wald, fanden aber auf dem Boden jetzt nur dürre Äste und Zweige. Dagegen erblickten sie keinen einzigen Tannenzapfen und sahen auch das goldgelbe Vöglein nicht mehr. Nur aus dem Dickicht hörten sie es singen:

„Mädchen, scheutest zu viel Mühe,
weg sind alle Butzelkühe!"

Da kehrte das Mädchen mit seiner Mutter wieder nach Hause zurück. Beide waren jedoch mit ihrem ansehnlichen Schatz in der Schublade zufrieden. Sie konnten nicht nur ein schönes Weihnachtsfest feiern, sondern hatten für ihr ganzes Leben ausgesorgt.

Die streitenden Adventskerzen

Es waren einmal vier rote Adventskerzen. Die saßen auf einem schönen Adventskranz. Am ersten Sonntag im Advent sollte die erste Kerze brennen. Aber wer war die erste?
Die vier Adventskerzen fingen zu streiten an.
Die erste sagte: „Ich bin größer als ihr. Ich darf zuerst leuchten."
Die zweite meinte: „Ach was, ich bin röter als ihr! Ich muss zuerst angezündet werden."
Die dritte rief: „Ich habe aber den schönsten Docht von euch allen! Also darf ich zuerst brennen.
Die vierte schüttelte ihren Wachskopf: „Nein, seht mich an. Ich stehe am geradesten auf dem Kranz. Ihr seid alle krumm und schief! Deshalb möchte ich die erste sein."
So stritten die vier hin und her. Sie stritten nicht nur am ersten Adventssonntag, nein, auch zweiten und sogar am dritten und vierten. Und sie waren sich immer noch nicht einig, wer als erste brennen sollte.
Da kam der Weihnachtsmann ins Zimmer. Er rief: „Schluss jetzt mit eurer ewigen Streiterei! Wisst ihr überhaupt, welcher Tag heute ist?"
Die vier Kerzen wussten es natürlich nicht.
„Heute ist Heilig Abend", erklärte der Weihnachtsmann, „und da wird nicht gestritten, verstanden?"
Er nahm die Kerzen vom Adventskranz und befestigte sie auf dem Christbaum. Dann zündete er alle vier gleichzeitig an. Da waren die vier Adventskerzen plötzlich Weihnachtskerzen. Sie waren zufrieden und haben vor Freude hell gestrahlt.

Kleine Nikolauslegende

Vor vielen, vielen hundert Jahren,
da lebte Nikolaus in einer Stadt
im Morgenland als Bischof,
in der es eine Hungersnot gegeben hat.

Die Menschen wurden schwach und fragten
den Bischof Nikolaus: „Was nun?"
Der sagte: „Bittet Gott um Hilfe.
Er wird für uns das Rechte tun."

Die Menschen beteten, und ein paar Tage später,
da sahn sie auf dem Meer ein Schiff sich nah'n.
Es steuerte dem Land zu, warf den Anker
und legte in dem kleinen Hafen an.

Das Schiff war hoch mit Korn beladen.
Da bat der Bischof Nikolaus
die Schiffer: „Hört, wir haben Hunger.
Gebt uns ein wenig von dem Korn heraus."

Die Schiffer sagten zuerst: „Nein.
Es tut uns leid, doch dürfen wir nicht stehlen.
Denn unser Herr bemerkte es sofort,
wenn von dem Korn ihm etwas würde fehlen."

Doch Nikolaus sprach: „Helft nur, helft!
Ihr mildert mit dem Korn viel Leid.
Es wird euch nicht ein Körnlein fehlen,
wenn ihr bei euerm Herrn zu Hause seid."

Die Schiffer gaben schließlich nach.
Sie schenkten Korn und linderten die Not.
Die Menschen dankten ihnen sehr
und backten aus dem Mehl für alle Brot.

Das Schiff fuhr weiter übers große Meer.
Zu Hause sahn die Schiffer nach, und dann
war in den Säcken nicht ein Korn zu wenig.
Die Waage zeigte es ganz deutlich an.

Die Schiffer staunten und erzählten allen,
was für die Hungernden der Bischof hat getan.
Und alle Menschen hier zu Lande denken
alljährlich an den Nikolaus daran.

Sie schenken ihren Kindern Leckereien
am 6.12. auf dem Dorf und in der Stadt,
weil Bischof Nikolaus vor vielen hundert Jahren
den Menschen Korn und damit Brot gegeben hat.

Wir wissen nicht, ob jene Schiffer wirklich glaubten,
was ihnen Bischof Nikolaus versprach.
Wir wissen auch nicht, ob sie Gott vertrauten,
doch waren ihre Herzen hilfsbereit und wach.

Und das genügt, um auch die Schiffer froh zu feiern,
das sollten wir am 6.12. gut bedenken,
und noch eins: Mehr noch als Geschenke zu bekommen
beglückt es, einen andern zu beschenken.

Der beschenkte Nikolaus

Einmal kam der heilige Nikolaus am 6. Dezember zum kleinen Klaus. Er fragte ihn: „Bist du im letzten Jahr auch brav gewesen?“ Klaus antwortete: „Ja, fast immer.“ Der Nikolaus fragte: „Kannst du mir auch ein schönes Gedicht aufsagen?“ „Ja“, sagte Klaus.

„Lieber, guter Nikolaus,
du bist jetzt bei mir zu Haus,
bitte leer die Taschen aus,
dann lass ich dich wieder raus.“

Der Nikolaus sagte: „Das hast du schön gemacht.“ Er schenkte dem Klaus Äpfel, Nüsse, Mandarinen und Kekse. „Danke“, sagte Klaus. „Auf Wiedersehen“, sagte der Nikolaus. Er drehte sich um und wollte gehen. „Halt“, sagte Klaus. Der Nikolaus schaute sich erstaunt um. „Was ist?“, fragte er. Da sagte Klaus: „Und was ist mit dir? Warst du im letzten Jahr auch brav?“ „So ziemlich“, antwortete der Nikolaus. Da fragte Klaus: „Kannst du mir auch ein schönes Gedicht aufsagen?“ „Ja“, sagte der Nikolaus.

„Liebes gutes, braves Kind,
draußen geht ein kalter Wind,
koch mir einen Tee geschwind,
dass ich gut nach Hause find'.“

„Wird gemacht“, sagte Klaus. Er kochte dem Nikolaus einen heißen Tee. Der Nikolaus schlürfte ihn und aß dazu Kekse. Da wurde ihm schön warm. Als er fertig war, stand er auf und ging zur Türe.

„Danke für den Tee", sagte er freundlich. „Bitte, gerne geschehen", sagte Klaus. „Und komm auch nächstes Jahr vorbei, dann beschenken wir uns wieder." „Natürlich, kleiner Nikolaus", sagte der große Nikolaus und ging hinaus in die kalte Nacht.

Der Zauberkalender

Es war einmal, es war keinmal. Da erhielt ein kleiner Junge zu Beginn der Adventszeit einen großen Adventskalender. Und der Junge freute sich schon darauf, das erste Türchen öffnen zu dürfen. Er überlegte, was er wohl dahinter finden würde: Ein kleines Spielzeug vielleicht? Etwas zum Naschen? Ein schönes Bild?
Am ersten Dezember war es so weit. Der Junge klappte das erste Türchen auf. Er erschrak. Es bewegte sich etwas darin. Es war ein kleiner Mensch. Der Junge hielt ihm eine Zeitung hin. Auf die kletterte der Ankömmling und begann dann mit leiser Stimme zu reden. Er sagte etwas, es klang so wie „shnng-dan kwhy-ler!". Der Junge verstand ihn nicht. Später erfuhr er, dass der Mann auf Chinesisch „Frohe Weihnachten" gesagt hatte.
Der Junge überlegte kurz, was er mit dem Überraschungsbesuch machen sollte. Dann stellte er ihm seinen Spielzeugbauernhof als Unterkunft zur Verfügung. Zu den Essenszeiten versorgte er den Gast mit etwas Nahrung von seinem Teller. Außerdem schob er ihm eine mit Sägemehl gefüllte Schachtel hin, in die der Fremde seine Bedürfnisse erledigen konnte.
Am zweiten Dezember öffnete der Junge das zweite Türchen. Er war nun nicht mehr besonders überrascht, als ein Afrikaner erschien und in einem ihm unverständlichen afrikanischen Dialekt mit ihm Kontakt aufzunehmen versuchte. Der neue Gast kam mit dem Chinesen gut zurecht, wie es schien, und bezog deshalb ebenfalls das Bauernhaus. Als die Eltern des Jungen wegen der Verpflegung der Gäste Bedenken anmeldeten, zerstreute diese der Junge mit der Bemerkung: „Sie können bei mir mitessen."
Der Junge erwartete nun am 3. Dezember einen weiteren Gast. Seine Erwartung wurde erfüllt. Er durfte diesmal eine Japanerin

willkommen heißen, die er im Obergeschoss des Bauernhauses einquartierte. Die gerunzelten Stirnen seiner Eltern glättete er mit der Bemerkung: „Den Adventskalender habe ich schließlich von euch bekommen."

Die weiteren Gäste, einen Eskimo, einen Neuseeländer, eine Polin, einen Araber und eine Russin, konnte der Junge nicht mehr alle im Bauernhaus unterbringen. Er verteilte sie auf den Saloon seiner Westernspielstadt und holte, als weitere Gäste aus aller Herren Länder im Mini-Format durch die Adventskalendertürchen in sein Leben traten, das Häuschen seines verstorbenen Goldhamsters, in das er Fenster sägte, um etwas Licht in die Angelegenheit zu bringen.

Mittlerweile verzichtete die Mutter bei jeder Mahlzeit auf die Suppe, der Vater auf die Nachspeise und die ältere Schwester, die sich ohnehin längst einer Abmagerungskur unterziehen wollte, auf einen Teil ihrer Hauptmahlzeit.

Mittlerweile benutzten die Gäste Mini-Toiletten, die ihnen der Junge gebastelt hatte.

Am 23. Dezember bevölkerten nun 23 Besucher aus den verschiedensten Ländern der Welt die Wohnung, und alle kamen überraschend gut miteinander aus.

Am 24. Dezember öffnete der Junge das letzte Türchen. Der letzte Gast, ein noch recht kleines Kind, sprach deutsch. Der Junge erkannte an der Sprachfärbung jedoch, dass er aus Judäa kam. „Mein Name ist Jesus", stellte er sich vor. Der Junge nickte. „Warum kommst du eigentlich erst jetzt?", fragte er. Da antwortete der Knabe: „Ich wollte gerne sehen, ob ihr meine Schwestern und Brüder zu euch lasst." Während dieser Worte scharten sich die übrigen 23 Gäste um das Jesuskind. Dann sagten sie im Chor: „Frohe Weihnachten allerseits", und waren plötzlich verschwunden.

Der Junge brachte daraufhin den Bauernhof, den Westernsaloon und das Goldhamsterhäuschen in Ordnung, die Mutter kümmerte sich um die Toiletten. Der Vater sah in den Kühlschrank und fragte: „Und wer soll das jetzt alles essen?" Seine Tochter meinte: „Ach Papa, jetzt kommen die Feiertage, da geht schon einiges weg." – „Ja", bestätigte die Mutter, „vergiss nicht, unsere Verwandten haben auch Hunger." – „Schade", sagte der Junge, „dass alle fort sind. Es ist jetzt auf einmal so still und leer hier." – „Tröste dich", sagte die Mutter, „nächstes Jahr bekommst du einen neuen Adventskalender."

Vater nahm ein Würstchen aus dem Kühlschrank. „Und vielleicht", meinte die Schwester, „bleiben sie nächstes Jahr ja länger." Vater runzelte die Stirn, biss dem Würstchen die Kappe ab und kaute nachdenklich darauf herum.

Das Lebkuchenmännlein

Vor langer Zeit lebte in Nürnberg ein tüchtiger Lebkuchenbäckergeselle, der Veit Lorenmeier. Der war sehr fleißig, kam aber dennoch auf keinen grünen Zweig. Sein Meister Sebaldus Bergmann war nämlich ein sehr strenger Herr, der dem Gesellen jedes zerbrochene Stück Lebkuchen von seinem Lohn abzog. Die Meisterin war noch viel böser und schimpfte ihn wegen jeder Kleinigkeit.

So kam es, dass der Veit oft seine Taschen mit süßen Lebkuchen gefüllt hatte, aber niemals mit auch nur einem blanken Gulden. Andauernd Lebkuchen essen konnte er auch nicht. Außerdem nutzte es seinem knurrenden Magen sehr wenig, wenn ihm die Nachbarskinder entgegenliefen, sobald sie ihn sahen, und ihn um das süße Naschwerk anbettelten. Sie hatten den Lebkuchen-Veit, der ihnen so viele Süßigkeiten schenkte, sehr lieb. Dem Veit aber schien seine Arbeit manchmal recht eintönig zu sein. Tagein, tagaus musste er dieselben viereckigen Stücke formen, alle mit einem Mandelkranz in der Mitte und einer Mandel in jeder Ecke, so dass seine Hände es bald von alleine konnten. Manchmal verspürte er sogar Zorn auf alle die braunen Gesellen, die einander so ähnlich waren wie ein Ei dem andern. Oft malte er sich aus, wie nett und fröhlich es aussehen müsste, wenn er aus dem braunen Teig Blumen und Vögel oder verschiedene Tiere oder gar hin und wieder einen Menschen formen dürfte. Aber der Meister Bergmann und besonders die Frau Meisterin trieben ihm solche neumodischen Gelüste gründlich aus.

So vergingen die Tage, und die herrliche Weihnachtszeit voll Licht und Glanz und mit ihrer geheimnisvollen Schönheit kam immer näher. Der Veit formte, backte und glasierte ohne Ruh und Rast,

aber inwendig wuchs seine Wut auf das unschuldige Süßwerk. Am Heiligen Abend bekam er schließlich statt seines Lohnes ein großes Paket mit Lebkuchen. Von ihnen sollte er sich über die Feiertage ernähren. Als um sechs Uhr Feierabend gemacht wurde, ging er traurig in seine Kammer. Ratlos blickte er auf das Paket Lebkuchen und dachte, dass er wohl seiner Lebtag lang ein armer Geselle bleiben würde, denn er hatte weder Geld noch Zeit, um die Meisterprüfung zu machen. Und während er so grübelte, da wurde ihm sein Herz so schwer, dass er nach draußen ging und bitterlich weinte. In seiner Kammer hätte ihn dabei sicher der Meister ertappt und ihn dafür ausgeschimpft.
Erleichtert wanderte Veit durch die engen Gassen, doch nirgends fand er einen ruhigen Platz, und so ging er schließlich hinauf zur Burg, wo sich ein stiller Garten an den grauen Felsen schmiegt. Die Gartentüre stand offen, da der Burggraf nach Wien verreist war. Zu Weihnachten sollten alle Bürger hier nach Herzenslust spazieren gehen dürfen. Es war still unter den schneebedeckten Bäumen, und kein Mensch war weit und breit zu sehen. Der Veit wischte den Schnee von einer Mauerecke und ließ sich darauf nieder.
Der Christabend war so schön klar, dass er bald schon seinen Trübsinn vergaß und still vor sich hinträumte. Hinter der Wallmauer und dem Giebel sah er fern am Himmel den goldenen Schimmer der eben untergegangenen Sonne. Leise schlichen rosenzarte Nebel um die weiß verschneiten Türme und Dächer, und hinter den bleigefassten Fenstern blinkte Licht um Licht auf, als wäre es eine Schar von Glühwürmchen. Und als die Leute unten die Kerzen anzündeten, da blitzte über Veit hell und klar Stern um Stern am Himmel auf. Von Zeit zu Zeit drang tief und voll der nächtliche Glockenschlag von Sankt Lorenz zu ihm herüber, und so saß er eine gute Weile da.

Langsam zog der Mond mit lichten Silberschuhen über Häuser und Burg und strahlte einen bläulichen Schimmer hernieder.
Mit einem Mal war es dem Veit so, als höre er ein feines Knistern im Schnee, als würde eine Maus vorbei huschen. Er blickte vorsichtig um sich, um das Tier zu entdecken. Aber im selben Augenblick fuhr er auch schon erschrocken zurück und schlug ein Kreuz, denn er hatte ein ganz seltsames Ding erblickt: ein winziges dunkles Männlein, das nur knapp zwei Fuß groß war. Dem Veit standen fast die Haare zu Berge, dann aber fiel ihm ein, dass am Heiligen Abend die bösen Geister keine Macht haben. Er sprach ein Stoßgebet und blickte wieder neugierig aus seinem Versteck hervor, in dem er zum Glück nicht entdeckt werden konnte, da er im tiefen Schatten saß.
Das Männlein aber, das im hellen Mondlicht stand, hob ein silbernes Horn zum Munde. Daraus drang ein feiner Ton, der weithin hallte und durch den ganzen Burggarten zitterte. Im selben Augenblick erhob sich überall ein geschäftiges Leben.

Aus allen Winkeln und Ecken, aus den Mauerritzen und Felsspalten und aus unterirdischen Gängen, die sich unter der Stadt verzweigten und hier mündeten, kam es hervor in hellen Scharen, ein gar eigenartiger Zug. Voraus auf zierlichen Pferdchen ritten ein paar Junker, ihnen folgten Landsknechte, hinter diesen trippelten ein paar zarte Jungfrauen mit roten Herzen in den Händen. Zum Schluss kam ein schüchternes Bäuerlein; ihm zur Seite ging seine wohlbeleibte Ehefrau, die einen großen Korb in der Hand hielt.
Von den anderen Seiten erschien noch eine große Zahl anderer Männlein, alle in dunklen, schön verzierten Kleidern. Es war ein

so dichtes Gewimmel, wie es der Veit noch nie erlebt hatte. Als er genauer hinsah, erkannte er, dass alle Männlein nur Lebkuchen waren, wie er sie in seinen Gedanken schon oft gesehen hatte.
Da ertönte das silberne Horn zum zweiten Mal. Nun bildeten alle schweigend und feierlich einen Kreis um das Trompetenmännchen, und ein süßer Duft von Zimtwasser und anderen Gewürzen durchzog den Garten. Zum dritten Mal erscholl jetzt das Horn, und hervor aus der Dunkelheit des Ganges schritt ein stolzer Mann. Er ging unter einem scharlachroten Baldachin, den starke Knappen trugen. Und er war königlich anzusehen. Der Kreis öffnete sich ehrfürchtig, der König trat in die Mitte und sprach: „Ich heiße euch herzlich willkommen, meine lieben Untertanen. Der Zauber des Heiligen Abends hat euch zum Leben erweckt. Ihr habt lange in dunklen Kellern gelegen, doch jetzt zieht los. Ihr habt meinen Segen und sollt an Weihnachten unter den Christbäumen besonders die Herzen der Kinder erfreuen, ihr lieben Braunmännlein!“
Da riefen alle fröhlich durcheinander, und der Veit sah, wie das Gesicht des Lebkuchenfürsten voller Güte und Freundlichkeit erstrahlte. Dann aber erhob er seine Stimme lauter, und dieses Mal klang sie strafend, als er sich ein paar fast unsichtbaren Gestalten zuwandte, die in einer dunklen Ecke standen. Er rief: „Was wollt ihr, ihr unsichtbaren Gesellen, bei unserem Bauernvolk? Ihr wisst doch ganz genau, dass ihr solange nicht zu unserem Jahrestag kommen dürft, bis ein tüchtiger Bäcker eure Form aus braunem Teig geschaffen hat! Wie konntet ihr es wagen, hierher zu kommen, ihr Geister ohne feste Form und Gestalt?“
Nun fingen die unsichtbaren Gestalten zu jammern an und drängten eilig heran. Das kleinste Wesen neigte sich tief herab und klagte mit feiner Stimme: „Noch immer müssen wir als Lebkuchengeister herumirren ohne Recht und Ansehen! Auch wir wollen endlich

aus dem süßen Teig geformt werden! Auch wir wollen auf dem Weihnachtstisch liegen und den Menschen Freude machen! Darum hilf uns, Herr, und gib einem tüchtigen Bäckermeister die Kraft, dass er Gestalten formt, die so fein anzusehen sind wie ihr. Dann dürfen auch wir mit Recht zum Jahrestag kommen und brauchen uns von den dicken Rücken nicht voll Hochmut zur Seite schieben lassen." Da riefen alle unsichtbaren Geister wie aus einem Munde. „Herr, lass uns hier bleiben und gib uns eine feste Form!"
Die Lebkuchenmänner aber blickten mürrisch drein, denn sie fürchteten wahrscheinlich, dass ihr Ansehen sinken würde, wenn die unsichtbaren Lebkuchengeister eine feste Form bekämen. Der Veit in seiner dunklen Ecke aber lauschte, dass ihm fast die Ohren abfielen, und allmählich wurde ihm klar, dass der Mann unter dem Baldachin kein anderer war als der Lebkuchenkönig selbst. Von ihm erzählt man, dass ohne seine Hilfe kein Teig aufgehen würde. Unterdessen rückten die dicken Lebkuchen recht fest zusammen, doch half die Abwehr nichts, denn die unsichtbaren Lebkuchengeister schlüpften wie Schatten hindurch und umdrängten den König und baten ihn und flehten gar erbärmlich.
Da blickte der Herrscher voll Milde auf sie und sprach: „Gern würde ich euch aufnehmen in unseren Kreis und gerne auch zu den Menschen senden, denn unser uraltes Recht ist es, ihnen Freude zu bringen. Ein schöner Lebkuchen ist für jedes Auge ein herrlicher Anblick. Doch ihr müsst noch ein wenig Geduld haben, denn ohne mich wird es keinem Lebkuchenbäcker jemals gelingen, euch zu schaffen. Es sei denn, er wäre ein solcher Glückspilz und er könnte mich, den Lebkuchenkönig, fangen und an sich fesseln!"
Als Veit Lorenmeier diese Worte hörte, da fiel ihm sofort ein, dass schon die bloße Berührung mit einer Menschenhand jeden Zwerg festzaubern und bannen kann. Ohne sich lange zu besinnen,

sprang er mutig hervor und seine Hand fuhr wie der Blitz unter den Baldachin. Ein leiser Schrei – und erstaunt hielt er ein rundliches Ding in der Hand, über das sich ein Scharlachdach mit weißen Sprenkeln spannte, die zarten Schneeflocken glichen. Das Ding aber sah ganz genau so aus wie der feuerrote Schwamm, den man im ganzen Volk als Glückspilz bezeichnet. Der Veit ließ sich durch diese List des Königs nicht irremachen, sondern trug ihn sorgsam heim. Mit einem Mal fühlte er nicht die geringste Spur von Trübsinn in seinem Herzen, sondern er war fröhlich und guter Dinge. So hatte ihn das liebe Christkind doch nicht ganz vergessen, sondern ihm ein ganz absonderliches, aber sehr prächtiges Weihnachtsgeschenk gegeben.
Zu Hause in seiner Kammer versteckte er den roten Pilz in seiner Truhe und schloss sie sorgsam ab. Als Veit am anderen Morgen erwachte, glaubte er, geträumt zu haben, doch als er die Lade öffnete, da lag vor ihm der Glückspilz und in der Kammer roch es so lieblich, als würde ein Weihnachtsbaum in ihr stehen. Veit wartete freudig auf das Glück, das jetzt zu ihm kommen müsste. Und richtig, nach drei Tagen schon wurde er ins Rathaus geladen, wo er erfuhr, dass eine alte Tante in Hersbruck gestorben sei und ihm hundert Gulden vermacht habe. Nun meldete sich Veit sogleich zur Meisterprüfung an, kaufte sich eine Menge vom besten und durchgegorensten Teig und fing an, mit großem Fleiß Lebkuchenmännlein zu formen und zu backen. Dabei erinnerte er sich ganz deutlich an die Lebkuchengeister, die er nun zum Leben erwecken wollte. Bei jedem Handgriff merkte er deutlich die Hilfe des Lebkuchenkönigs, denn er brauchte nur einen Blick auf seinen Feuerpilz zu werfen, so erschienen ihm im Geiste alle jene zierlichen Gestalten aus dem Burggarten. Seine Hände bewegten sich wie von selbst, und er schuf die zierlichsten und farbenprächtigsten Bildwerke, die man sich nur vorstellen kann.

Als er fertig war, stellte er auf dem Nürnberger Christkindlesmarkt eine Bude auf und legte auf einem weißen Tuch seine appetitlichen Meisterwerke aus, die Junker und Ritter, die Fräulein und die Bauersleute, die Herzen und Blumen und alles, was er sonst noch geformt hatte. Und die Leute, vor allem die Kinder, rannten und liefen zu ihm, blieben vor seiner Bude stehen und wollten sich kaum trennen von dem bunten Lebkuchenvolk. Es dauerte nicht lange und die ganze Ware war verkauft und Veit freute sich über seinen Verdienst.

Die Zeit verging wie im Flug, und ehe man es sich versah, war wieder der Weihnachtsabend gekommen. Aber dieses Mal suchte Veit nicht Trost draußen unter dem nächtlichen Himmel, sondern er stand in einem eigenen, gemütlichen Haus vor dem strahlenden Christbaum und neben ihm stand seine liebe Frau, die er kurz zuvor geheiratet hatte. Beide blickten mit frohen, glücklichen Augen auf den Weihnachtsbaum.

Nach dem Fest aber, als alles still geworden war im Haus und die Lichter erloschen, da stieg Veit hinauf in die Dachstube, holte den Glückspilz aus der Lade heraus und legte ihn andächtig vor sich hin auf den Tisch. Mit dankbarem Herzen dachte er an den Unterschied zwischen damals und heute. So saß er, bis wieder der Mond aufging und mit seinen feinen Strahlenfingern den gefangenen Lebkuchengeist streichelte. Da bemerkte Veit plötzlich, wie sich der Pilz zu regen begann. Er schob sich die rote Mütze aus dem freundlichen Angesicht und setzte sich aufrecht hin. Und dann blickte das Männlein den Bäckermeister nachdenklich an und sprach mit feiner Stimme: „Ein Jahr lang, Veit Lorenmeier, habe ich dir gedient, und ich habe dir viel Glück ins Haus gebracht. Nun zeige mir, dass du dankbar sein kannst, und gib mich frei, damit ich mich heute um mein kleines Volk kümmern kann. Ich werde es nicht vergessen, deine Backstube immer wieder mit prächtigem

Lebkuchenvolk anzufüllen. Mach jetzt bitte das Fenster auf, damit ich hinaus kann." Veit blickte den Lebkuchenkönig versonnen an, dann stand er auf und tat, worum er gebeten worden war. Da flutete in einem breiten Strom das Mondlicht herein, und das Männlein ging darauf wie auf einer festen Straße schnurgerade an Veit vorbei. Der blickte der kleinen, dunklen Gestalt, die sich gegen die helle Bahn deutlich abhob, solange nach, bis sie hinter dem nächsten Giebeldach verschwunden war. Da erst erwachte der Veit aus seinen Gedanken und rief in die helle Mondnacht hinaus: „Vielen Dank! Ich danke dir! Schönen Dank, lieber Lebkuchenkönig!" Ob ihn das Geisterlein noch hörte, wusste Veit nicht, aber sein Walten verspürte er zeit seines Lebens. Seine Lebkuchen wurden auf der ganzen Welt bekannt und berühmt. Sogar Prinzen und Prinzessinnen holten voll Jubel die kleinen Lebkuchenmännlein oder -weiblein unter dem Christbaum hervor, die Veit Lorenmeier alle Jahre wieder auf dem Christkindlesmarkt in Nürnberg anbot und verkaufte. Er lehrte diese Kunst auch seinen Gesellen und die gaben ihr Wissen an andere weiter, sodass noch heute Lebkuchenmännlein und -weiblein die Besucher des Christkindlesmarktes zu Nürnberg verzaubern.

Die Niko-Laus

Vor langer, langer Zeit passierte in einer Familie mit vielen Kindern in der Vorweihnachtszeit etwas ganz Unerhörtes.
„Wer war denn schon wieder an meinen Plätzchen?" tobte die Mutter verärgert. „Und wer hat an der Marzipankugel geknabbert?" Sie rief sofort die Kinder zu sich und schaute sie streng an. Die aber schüttelten ihre Köpfe und sagten: „Mama, das war sicher wieder die gefräßige Niko-Laus."
„Soso", schimpfte die Mutter. „Dann soll sie die Sachen gefälligst auch wieder zurückbringen!" Die Kinder sagten das sofort der Niko-Laus. Die schämte sich und versprach, den Schaden wiedergutzumachen.
Seit dieser Zeit kommt am 6. Dezember eines jeden Jahres die Niko-Laus in die Familien und bringt als Wiedergutmachung für all die Sachen, die sie einst geklaut hat, einen Sack gefüllt mit Plätzchen, Nüssen, Schokolade und so weiter.
Die Kinder schauen auf die köstlichen Leckereien. Die Mütter sehen, wie ihnen vor Appetit fast die Augen aus dem Kopf fallen. Deshalb geben sie ihnen etwas von den Sachen ab, die von der Niko-Laus gebracht werden, aber nur dann, wenn die Kinder auch ein nettes Sprüchlein aufsagen, wie zum Beispiel dieses:

Liebe, gute Niko-Laus,
fraßest einst die Töpfe aus.
Doch das tat dir leid.
Seither bringst du leck're Sachen,
die uns Kindern Freude machen,
jedes Jahr zur Weihnachtszeit.

So ein Verslein freut die Niko-Laus und auch die Mutter, und die Kinder bekommen etwas von den Naschereien ab. Weil sich die Niko-Laus, die doch einmal Leckereien geklaut hat, vor den vielen Gaffern, die sie anstarren, aber recht schämt, verkleidet sie sich meist. Sie zieht sich eine Mütze ins Gesicht, hängt sich einen Rauschebart vor ihr gefräßiges Maul und kleidet sich ganz rot. Dann sieht man ihr schamrotes Gesicht nicht so genau. Schlau, was?!

Der alte und der junge Frost

In alter Zeit, die längst vorbei ist, als das Jesuskind auf die Welt kommen wollte, legte sich ein besonders strenger Winter auf das Land. Da hatte der Frost viel Arbeit, und er spannte deshalb auch seinen Sohn dazu ein.

Der junge Frost war ein rechter Prahlhans. Er glaubte, er sei viel stärker und klüger als sein Vater. „Ich bin jung und kräftig", murmelte er. „Mein Vater ist schon alt und recht schwach. Ich kann die Menschen viel leichter erfrieren lassen." Das wollte der junge Frost auch gleich beweisen. Er schlich sich in Jerusalem ein und sah, wie König Herodes gerade in seinem Prunkschlitten eine Ausfahrt machte. Herodes war gut genährt, trug einen warmen Pelz, und seine Füße waren in eine dicke Wolldecke gepackt. Der junge Frost grinste hinterhältig und klirrte: „Du kannst dich vor mir nicht verstecken, auch wenn du dreimal so fest eingehüllt wärst. Meinem Vater wärst du vielleicht ausgekommen, aber vor mir gibt es keine Rettung."

Und schon hauchte der junge Frost König Herodes mit seinem eisigen Atem an, kroch unter die Decke und schlüpfte in seine Ärmel. Er biss ihn in die Nase und zwickte ihn in das Genick. Herodes rief seinem Diener zu: „Fahr schneller, du Trottel, sonst erfriere ich gleich!" Der Diener gab den Pferden die Peitsche, und der Schlitten schoss wie ein Pfeil davon. Aber der junge Frost ließ nicht locker. Er kniff Herodes in die Wangen, schlüpfte in seine Schuhe und ließ Finger und Zehen erstarren. Herodes klapperte mit den Zähnen, rollte sich wie ein Igel zusammen und zog sich den Pelz über die Ohren, doch nichts half.

„Fahr sofort nach Hause, Nichtsnutz!", schrie Herodes seinen Diener an. Der schwang die Peitsche, dass die Pferde ängstlich wieherten und erschreckt davongaloppierten. Jetzt wollte der junge Frost dem König den Garaus machen. Er fror ihm die Augen zu, nahm ihm den Atem weg und schnitt seine Stimme ab, so dass Herodes nicht mehr schreien konnte. Gerade noch im letzten Augenblick kam der Schlitten beim Palast an, in den man entsetzt den halbtoten König schleppte. Stolz flog der junge Frost nun zu seinem Vater zurück und prahlte: „He, Alter! Beinahe hätte ich eben König Herodes erfrieren lassen. Das wäre dir doch niemals gelungen!" Der alte Frost schmunzelte und sagte: „Na schön, Kleiner, den König Herodes hättest du beinahe erstarren lassen. Aber das besagt noch gar nichts. Schau mal dort, siehst du den Zimmermann Josef in seinem löchrigen Mantel? Er geht soeben in den Wald, um Holz zu holen. In dem Stall in Bethlehem, wo er mit seiner Frau Maria und dem Kinde gerade noch einen Unterschlupf gefunden hat, ist es nämlich bitterkalt. Versuche doch mal, ihn erfrieren zu lassen. Wenn du das schaffst, dann glaube ich dir, dass du stärker bist als ich."

„Ha", lachte der junge Frost, „das ist doch eine Kleinigkeit für mich! Dieses Bettelmännlein lass ich im Nu zu einem Eiszapfen erstarren."

Schon zischte der junge Frost davon und hatte den Zimmermann Josef gleich eingeholt. Er blies ihm seinen Kältehauch ins Gesicht, strich ihm mit seinen Frostfingern über Ohren und Hände und zwickte ihn mit den Eiskrallen in die Beine.

Da fing Josef zu laufen an und hatte in wenigen Augenblicken den Wald erreicht.

„Du entkommst mir nicht", lachte der junge Frost, „im Wald beiß ich dich zu Tode." Josef aber zog sofort eine Axt aus seinem Mantel und begann mit Eifer, einen Baum nach dem anderen abzuschlagen und zu Kleinholz zu verarbeiten Der junge Frost war ebenso bei der Sache. Er schlüpfte durch die Löcher in dem Mantel, kniff

Josef in den Rücken, biss ihn in die Brust und fror ihm die Nase violett. Doch je mehr er sich plagte, umso wuchtiger schwang Josef das Beil und hieb auf die Stämme und Äste ein, als wäre er verrückt geworden. Dabei wurde ihm so warm, dass er sogar seine zerschlissenen Fäustlinge abstreifte. Der junge Frost versuchte es mit allen Schikanen und kroch ihm sogar durchs Fleisch auf die Knochen. Aber bald war er so erschöpft, dass er von Josef ablassen musste. „Gut“, keuchte er wütend, „wenn du es so willst, erledige ich dich auf eine andere Weise. Ich warte, bis du heimgehst, dann vernichte ich dich!“ Der junge Frost kroch jetzt in die Fäustlinge, die am Boden lagen, fror sie steinhart, so dass sie nicht mehr über die Hände gestreift werden konnten und blieb dann lauernd in ihnen hocken. Als Josef das Holz gebündelt hatte und sich auf der Heimweg machen wollte, vergaß er auch seine Fäustlinge nicht. Aber als er sie anfasste, waren sie hart wie Felsgestein.
Der junge Frost, der darin saß, knarrte vor Lachen. Josef aber nahm kurzerhand die Axt und schlug blitzschnell auf die Handschuhe ein, dass sie nur so knackten und krachten und schließlich windelweich wurden. Der junge Frost schrie und winselte, konnte aber nicht mehr rechtzeitig entweichen und blieb hilflos in den Fäustlingen hängen. Josef schlüpfte hinein, und seine Hände, die von der Arbeit durchgegerbt waren, heizten sich im Nu derart auf, dass die Hitze dem hilflosen Frost beinahe den Rest gegeben hätte.
Im Stall streifte Josef die Handschuhe ab und machte Feuer. Als das Jesuskind sah, wie sich der junge Frost zerrupft und schnaufend aus dem Stall fortschleppte, musste es lächeln.
„Schau“, sagte da Maria zu Josef, „das Kind freut sich über die Wärme, die du ihm gebracht hast.“ Josef nickte zufrieden.
Der junge Frost aber kroch halbtot zu seinem Vater zurück und stöhnte in einem fort. „Oh“, schmunzelte der alte Frost, „was ist denn nur mit dir geschehen, mein armer Junge?“

„Nichts", keuchte der junge Frost, „ich habe mein Bestes gegeben, um Josef zum Frieren zu bringen. Ich habe ihn fast erledigt."
„So, so", grinste der Vater, „und woher hast du denn die vielen blauen Flecken?" „Ach", winkte der Sohn ab, „da hat er mich zufällig mit seiner Axt getroffen." „Du Schwindler", rief der alte Frost, „durchgewalkt hat er dich und das zu Recht. Vielleicht hast du auf diese Weise wenigstens gelernt, dass man mit Faulenzern wie dem König Herodes leicht fertig werden kann, aber nicht mit fleißigen Handwerkern wie dem Zimmermann Josef."
Der junge Frost sagte darauf nichts mehr. Er lernte nun eifrig von seinem Vater die Kunst des Erfrierens und wurde später darin tatsächlich noch ein recht tüchtiger Meister.
Seither führt aber jedes Jahr der junge Frost nach Weihnachten ein strenges Regiment wenn seine Lehrzeit vorbei ist. Seine Kraft erreicht deshalb ihren Höhepunkt in den ersten Monaten des neuen Jahres und setzt dann der Menschen so lange böse zu, bis es dem Frühling gelingt, den Winter für den Rest des Jahres aus dem Land zu vertreiben.

Die süße Straße

Einmal im Winter transportierte ein Lastwagen einen Tank, der mit flüssiger Schokolade gefüllt war. Auf der Straße war es aber eisglatt. Der Tanker geriet ins Schleudern und kippte um. Der Behälter platzte auf, und die flüssige Schokolade ergoss sich auf die Fahrbahn. Da es aber eisig kalt war, gefror die süße Masse sofort. Die Straße musste von der Polizei gesperrt werden. Die Leute, besonders die Kinder, eilten neugierig herbei, und nach kurzem Zögern begannen sie, die Schokolade von der Straße zu hacken. Einen Teil vernaschten sie an Ort und Stelle, mit dem Rest stopften sie sich die Taschen voll. Später kam ein Schneepflug von der Firma Heinz Himmel, der die Reste wegschob. Aber wohin brachte er sie?
Manche Zuschauer vermuteten, der Fahrer würde sie seinen Kindern bringen oder sich selbst einen Vorrat davon anlegen. Ein kleiner Junge aber deutete auf das Firmenschild mit dem Aufdruck „Heinz Himmel" und meinte: „Der bringt die Schokolade sicher zum Christkind, das dann daraus von den Weihnachtsenglein Schokoplätzchen machen lässt."

Der komische Adventskalender

Es war einmal ein Adventskalender. Der hing in einem Kinderzimmer an der Wand. Die kleine Mariella durfte jeden Tag ein Türchen öffnen.

Am 1. Dezember öffnete sie das erste Türchen.

„Ui“, rief sie, „da ist ein Apfel zu sehen!“

Am 2. Dezember öffnete sie das zweite Türchen.

„Komisch, wieder ein Apfel“, sagte sie verwundert.

Am 3. Dezember öffnete sie das dritte Türchen.

„Das gibt es doch nicht“, rief sie, „wieder ein Apfel!“

Am vierten, fünften und sechsten waren hinter den Türchen wieder Äpfel versteckt. Mariella war enttäuscht. „Immer nur Äpfel“, murrte sie, „das ist ja langweilig!“ Auch an den folgenden Tagen fand sie hinter jedem Türchen einen Apfel. Mariella war traurig.

Am 24. Dezember öffnete sie das letzte Türchen.

„Ah“, rief sie erstaunt, „da liegt ja das Christkind in der Krippe! Wieso waren bisher nur Äpfel zu sehen?“

Da lächelte das kleine Christkind verlegen und sagte leise: „Entschuldige, liebe Mariella, aber ich esse saftige Äpfel für mein Leben gern.“

„Ach so ist das“, sagte Mariella verständnisvoll. Sie lief in die Küche und kam gleich wieder zurück. Mit einem Apfel in der Hand.

„Hier“, sagte sie, „hast du noch einen besonders feinen. Das ist mein Weihnachtsgeschenk für dich.“

„Das ist lieb von dir“, bedankte sich das Christkind, „jetzt habe ich vierundzwanzig Äpfel und deiner ist der schönste.“

Die drei Weihnachtsschätze

Es lebte einmal in einem Schloss ein junger Gärtner, der liebte die Prinzessin. Die Prinzessin hatte auch ihn sehr gern. Der König aber wollte eine Tochter nur dem zur Frau geben, der ihm drei wunderschöne Dinge bringen könnte: einen Diamanten so groß wie eine Christbaumkugel, ein goldenes Weihnachtspäckchen und eine Christbaumspitze aus purem Silber.

Der Gärtner wünschte sich von Herzen, diese Schätze zu finden, dann stünde der Hochzeit nichts mehr im Wege. Eines Nachts hatte er einen Traum. Er spazierte durch den Schlossgarten. Plötzlich flüsterten die Blumen: „Hör zu, es gibt eine weise Zauberin, die lebt im blauen Feenwald. Sie weiß alles. Jeder, der zu ihr kommt, darf drei Fragen an sie stellen."

Als der junge Mann erwachte, machte er sich sofort auf den Weg, um die weise Zauberin zu suchen. Er war schon lange dahinmarschiert, da fand er am Wegrand eine wunderschöne Christrose, die leise weinte.

„Warum bist du traurig, schöne Blume?" fragte der Bursche. „Ach", seufzte die Christrose, „seit ein paar Tagen geht es mir sehr schlecht. Ich weiß nicht, was mir fehlt." „Ich besuche die weise Zauberin", sagte der Gärtner. „Die kann mir bestimmt sagen, warum es dir nicht gut geht." Und er marschierte weiter.

Bald kam er an einem kleinen Haus vorbei, vor dem ein alter Mann saß und stöhnte. „Was ist mit dir?" fragte der Bursche. „Oh herrje", klagte der Alte, „ich kann keine Nacht mehr richtig schlafen und ich weiß nicht, warum das so ist." Der Gärtner versprach ihm, die weise Zauberin um Rat zu fragen und ging weiter.

Da kam ihm ein Fuchs entgegen, der hinkte jämmerlich. „Was fehlt dir denn?" fragte der Bursche. „Ach", ächzte der Fuchs, „mir tut mein linkes Hinterbein so entsetzlich weh. Ich weiß nicht, woran das liegt.“ Wieder versprach der Gärtner, die weise Zauberin zu fragen, und er wanderte weiter.

Schließlich kam er zum blauen Feenwald und fand darin die weise Zauberin. Der Bursche grüßte sie höflich und fragte: „Große Zauberin, kannst du mir bitte verraten, wo ich den christbaumkugelgroßen Diamanten finden kann. Und sicher kannst du mir auch sagen, wo das goldene Weihnachtspäckchen liegt und wo die Christbaumspitze aus purem Silber verborgen ist. Außerdem kannst du mir auch sicher verraten, was der Christrose, dem alten Mann und dem Fuchs fehlt.“

Die weise Zauberin nickte und sagte: „Das waren sechs Fragen. Ich darf dir aber nur drei Antworten geben. Du musst dich nun entscheiden, welche drei Fragen ich dir beantworten soll.“

Der Gärtnersbursche hoffte natürlich, die drei wunderschönen Dinge zu finden, weil er die Prinzessin zur Frau haben wollte, aber er hatte auch Mitleid mit der Christrose, dem alten Mann und dem Fuchs. Und weil er Blumen, Tiere und alte Menschen sehr gerne hatte, dachte er, dass er den Diamanten, das Weihnachtspäckchen und die Christbaumspitze schon noch irgendwie finden würde. Er stellte der weisen Zauberin deshalb die drei anderen Fragen und erhielt darauf sofort eine Antwort. Er bedankte sich bei ihr und verließ den blauen Feenwald.

Bald hatte er den Fuchs eingeholt, der vor Schmerzen kaum mehr weitergehen konnte, und er verriet ihm: „Du hast dir in dein linkes Hinterbein etwas Spitzes getreten. Deshalb hinkst du so jämmerlich.“ Und tatsächlich, als der Bursche die Sohle des Fuchses untersuchte, steckte darin ein langer Dorn. Er zog ihn heraus, und da war es die Christbaumspitze aus purem Silber. Der Fuchs war so erleichtert, dass er dem Gärtnerburschen, der ihm geholfen hatte, diesen Silberdorn gerne überließ.

Bald kam der Bursche zu dem Haus, vor dem immer noch der alte Mann saß. Ihm verriet er nun: „Du schläfst deshalb so schlecht, weil in deinem Bett ein hartes Paket versteckt ist.“ Sofort sah der Mann nach, und da fand er unter der Matratze tatsächlich das goldene Weihnachtspäckchen, das er dem Gärtner schenkte, weil der ihm so freundlich geholfen hatte.

Der ging fröhlich weiter und kam zur Christrose, die schon fast verwelkt war. Der Bursche rief: „Lass dir helfen! Auf deine Wurzeln drückt ein großer Stein, sodass sie nicht mehr wachsen können!“ Und schon fing er zu graben an. Kurze Zeit darauf hielt er einen Diamanten so groß wie eine Christbaumkugel in seinen Händen. Sofort erholte sich die Christrose und fing wieder zu blühen an. Voller Dankbarkeit überließ sie dem Gärtner den wertvollen Edelstein.

Nun kehrte der Bursche überglücklich nach Hause zurück und ging ins Schloss. „Ich habe“, so sagte er sich, „die Bitten der Blume, des alten Mannes und des Fuchses erfüllt, und dabei sind mir die drei wunderschönen Dinge ganz von alleine in den Schoß gefallen.“

Als er die Schätze dem König überreicht hatte, erfüllte der sein Versprechen und gab ihm seine Tochter zur Frau. Es fand eine prächtige Hochzeit statt, und wenn sie nicht gestorben sind, leben der Gärtner und seine Prinzessin noch heute glücklich und zufrieden, aber auch die Blume, der alte Mann und der Fuchs waren froh, dass sie der Gärtnerbursche von ihrem Leid erlöst hatte.

Der Weihnachtshase

Es war einmal ein tüchtiger Osterhase. Dem war zur Weihnachtszeit so langweilig.
„Ach", seufzte er, „wäre es doch schon wieder Ostern. Da könnte ich wenigstens Ostereier legen und sie schön bunt färben. An Weihnachten sitze ich den ganzen Tag nur herum und friere."
Das hörte der alte, weise Uhu. Er klappte seine Augen auf und meinte: „Hör mal, Kleiner. Ich habe eine Idee. Lege doch einfach Ostereier und verkaufe sie als Weihnachtskugeln."
Der Osterhase fand den Einfall toll und machte sich sofort an die Arbeit. Als er einen Korb voll bunter Ostereier gesammelt hatte, ging er zum Weihnachtsmann.
„Ich habe hier billige Christbaumkugeln", schwindelte der Osterhase. „Kaufst du sie?"
Der Weihnachtsmann setzte seine Brille auf und sagte: „Mach dich nicht lustig über mich. Das hier sind ovale Ostereier und doch keine runden Glitzerkugeln. Diesen Kram kaufe ich nicht."
Als der Osterhase das hörte, fing er erbärmlich zu schluchzen an. Da tat er dem Weihnachtsmann leid. Er nahm den Hasen bei der Pfote und führte ihn zu den Weihnachtsengeln. Bei ihnen lernte der Osterhase runde Weihnachtskugeln zu legen und sie mit Glitzerfarbe anzumalen.
Nach der Lehrzeit stellte ihn der Weihnachtsmann als ersten Weihnachtskugelleger an. Da war der Osterhase froh, denn er hatte jetzt das ganze Jahr über Arbeit. Die Leute aber kaufen Glitzerweihnachtseier genauso gerne wie echte Christbaumkugeln. Von außen sehen sie nämlich gleich aus und in sie hinein sieht ja niemand, denn dazu müsste man sie aufschlagen und dabei würden sie zerbrechen.

Der Rauschgoldengel

Seit bald drei Jahrhunderten sind sie auf jedem Christkindlmarkt zu finden und ein jeder kennt und liebt sie: die Rauschgoldengel. Aber kaum einer weiß über ihre Entstehungsgeschichte Bescheid. Entstanden ist diese himmlische Gestalt in Nürnberg und die Geschichte hört sich wie ein Märchen an, aber an Weihnachten sind alle Märchen wahr.

Um das Jahr 1700 war es, da lebte in Nürnberg ein Handwerksmeister und Puppenmacher namens Melchior Hauser mit seiner Frau und seiner kleinen Tochter Hannele. Die Eltern liebten ihr einziges Kind über alles. Deshalb waren sie untröstlich, als es plötzlich schwer erkrankte. Obwohl Mutter und Vater das Mädchen mit all seiner Liebe umsorgten, verfiel es von Tag zu Tag mehr und schließlich starb es. Die Eltern waren von ihrem Schmerz derart überwältigt, dass es schien, als ob sie daran selbst zu Grunde gehen müssten. Der Vater ging nicht mehr in die Werkstatt und war zu keiner Arbeit mehr fähig. „Weshalb und für wen", so fragte er sich, „soll ich noch an der Hobelbank stehen." Und so entließ er auch seinen Gesellen und lebte von nun an völlig zurückgezogen. Selbst den Kontakt zu seinen engsten Freunden brach er ab und er, der früher einer der Geselligsten war, ließ sich nicht mehr bei den regelmäßig stattfindenden Zunftabenden blicken. Stattdessen hockten er und seine Frau einsam zu Hause. Beide grübelten stundenlang vor dem Bett, in dem das Kind gestorben war. Verzweifelt starrten sie vor sich hin und sie konnten es nicht begreifen, dass ihnen das Liebste, das sie auf Erden hatten, genommen worden war. Beide hatten an nichts mehr Freude, weder am Licht der Sonne, noch an der Schönheit der Natur. Besonders aber quälte sie in schlaflosen Nächten die Erinnerung und verfinsterte ihr

Gemüt. So vergingen die Tage und Monate und die Jahreszeiten. Sie unterschieden nicht mehr Frühling, Sommer und Herbst. Und dann nahte der Winter. Die Tage waren nun kürzer und schon am Nachmittag brach die Dunkelheit an.
Übermüdet von einer wie so oft durchwachten Nacht übermannte Meister Hauser eines Nachmittags der Schlaf und er schlummerte ein. Plötzlich hörte er ein leises Klopfen an der Tür. Bevor er „Herein!“ rufen konnte, öffnete sie sich. Eine lichtumflutete Gestalt, die in ein goldglänzendes Gewand gehüllt war, betrat lautlos den Raum und bewegte sich langsam auf ihn zu. Ergriffen von der hell strahlenden Schönheit kam dem Mann kein Wort über die Lippen. An Stelle der Arme und Hände standen rechts und links vom Körper zwei ausladende goldene Flügel ab. Das konnte, so fuhr es Meister Hauser durch den Kopf, nur ein Engel sein.
Der Engel war ihm jetzt ganz nahe und blickte ihm freundlich in die Augen. Zuerst konnte es Hauser nicht glauben, aber es gab keinen Zweifel, vor ihm stand niemand anderer als seine Tochter Hannele, die ihm der Tod entrissen hatte. Sie lächelte ihm gütig zu und dann hörte er auch ihre zarte Stimme. „Vater, mir geht es jetzt gut. Du und Mutter, ihr müsst nicht mehr traurig sein und braucht deshalb auch nicht mehr um mich zu weinen. Ich lebe und deshalb sollt auch ihr wieder zu leben beginnen.“ Bei diesen Worten traten dem Mann die Tränen in die Augen und er versprach, sich wieder dem Leben zuwenden zu wollen. Da löste sich das Engelsbild in goldenem Lichtschein auf und Hauser erwachte. Er sah, dass er wieder allein war, aber er fühlte sich nicht mehr einsam, denn ihm kam es so vor, als ob die Fröhlichkeit des Engels noch um ihn und in ihm war. Es wurde ihm ganz leicht ums Herz und als er die Türe offen stehen sah, da empfand er das wie eine Einladung, seine Einsamkeit aufzugeben, sich wieder unter die Menschen zu begeben und wieder zu leben zu beginnen.

Gleich am nächsten Morgen stieß er die Fensterläden auf und ließ die Strahlen der Sonne in sein Zimmer fallen. Frischen Mutes betrat er zum ersten Mal seit Monaten wieder die Werkstatt. Seine Frau sah ihm erstaunt nach. Hauser kramte ein Scheit aus weichem Lindenholz hervor und als er es eine Zeit angeblickt hatte, da sah er darin das Gesicht seines verstorbenen Kindes, das er in der Nacht vor sich gesehen hatte und das jetzt das Antlitz eines himmlischen Engels war. Das wollte er nun aus dem Lindenholzscheit befreien. Sofort begann er eifrig zu schnitzen, da er keinen der schönen Gesichtszüge vergessen wollte. Während er die Arbeit verrichtete, fühlte er, wie er gleichsam mit jedem Schnitt des Schnitzmessers auch aus seiner Seele alle Traurigkeit, Mutlosigkeit und Lebensunlust herausschnitt. Je klarer sich aus dem Holz das Gesicht seines Kindes herausbildete, umso befreiter fühlte sich der Mann. Als er das zierliche Köpfchen fertig gestaltet hatte, dachte er sofort daran, es mit lockigen Haaren zu versehen. Außerdem nahm er sich vor, auch die schöne Gestalt des Engels, den er gesehen hatte, zu formen. Er verließ seine Werkstatt und besorgte sich Rauschgold für die großen Flügel und dünn ausgewalztes Messingblech, aus dem er die plissierte goldene Robe und das Schultertuch zu falten gedachte. Auf den Kopf setzte er eine goldene Krone.
Auch den Freunden war die Betriebsamkeit Hausers nicht verborgen geblieben. Sie wollten ihn besuchen, aber er ließ sie nicht in die Werkstatt. Neugierig reckten sie die Hälse, konnten aber nur ein Glänzen und Blitzen von Gold wahrnehmen, ohne zu erkennen, was diesen himmlischen Glanz bewirkte. Freundlich bat sie Hauser, ihm noch einen Tag Ruhe zu gönnen, dann würde er sein Geheimnis lüften. Die Freunde hatten ein Einsehen und sie gingen wieder fort. Und schon vertiefte sich Meister Hauser erneut mit großem Eifer in seine Arbeit. Als er sein Werk vollendet hatte,

schlich er nachts, als seine Frau schlief, in die Werkstatt und holte den Rauschgoldengel. Er legte ihn seiner schlafenden Frau in den Arm. Als sie erwachte und das wunderschöne Geschöpf sah, sagte sie unter Tränen: „Ja, so muss unser Hannele jetzt im Himmel aussehen." Ihr Mann erzählte ihr nun leise von der Erscheinung des Engels. Sie schien nicht so recht zu begreifen, was sich da wirklich zugetragen hatte, aber sie fühlte, dass sich ein Wunder ereignet haben musste. Denn aus ihrem verbitterten und todtraurigen Mann war ein Mensch mit neuem Lebensmut und neuer Zuversicht geworden. Und sie spürte, es musste ihr Töchterchen Hannele gewesen sein, die dieses Wunder vollbracht hatte. Da fasste auch sie Mut und begann wieder aufzuleben.

Als Hausers Freunde am nächsten Tag die Werkstatt betreten durften, verschlug es ihnen die Sprache. Vor ihnen stand ein wunderschöner Engel, goldglitzernd und von paradiesischer Schönheit. Er sah sie mit den Augen von Hausers verstorbenem Töchterchen an. „Du solltest", rieten ihm die Freunde „diesen Engel nicht nur für dich allein behalten. Brauchen nicht alle Menschen Mut und Kraft zum Leben, die dieser Engel so einzigartig ausstrahlt? Willst du nicht auch für sie einen Rauschgoldengel schaffen?" Hauser zögerte einen Augenblick, aber dann entschloss er sich, dem Vorschlag seiner Freunde zu folgen, denn jeder Rauschgoldengel, den er erschaffen würde, dessen war er sich sicher, wäre ja ein Ebenbild seines verstorbenen Kindes. Bei der Arbeit an jedem neuen Rauschgoldengel würde er stets aufs Neue mit seiner Tochter Hannele verbunden sein. Und deshalb ging Meister Hauser frisch ans Werk und er stellte einen Rauschgoldengel nach dem anderen her, einer schöner auch als der andere.

Als in Nürnberg die Adventszeit nahte, in der der Kindleinsmarkt eingerichtet wurde, waren so viele Engel entstanden, dass sich Hauser entschloss, einen Stand zu mieten und seine Engelsgeschöpfe den Leuten zu zeigen. Als die Kindleinsmarktbesucher die goldglitzernde himmlische Gestalt erblickten, waren sie von der überirdischen Schönheit wie geblendet und sie waren kaum mehr von Hausers Stand wegzubewegen. Jeder wollte nun auch so einen Rauschgoldengel besitzen und im Nu war der Stand leergekauft. Seit dieser Zeit gibt es auf Christkindl- und Weihnachtsmärkten Rauschgoldengel in allen Größen mit plissierten goldglitzernden Röcken und Schultertüchern, mit weit ausladenden mächtigen goldenen Flügeln und lockigem Haar und auf dem Kopf eine goldene Krone. Und bei allen erinnert das lächelnde Kindergesicht an Hannele, das Töchterchen von Hauser, dem Handwerksmeister aus Nürnberg, der vor etwa 300 Jahren den ersten Rauschgoldengel geschaffen hatte.

Die vierte Kerze

In einer kleinen Dorfkirche haben im Advent auf dem Adventskranz einmal vier Kerzen gebrannt. Es war mucksmäuschenstill in der Kirche, so still, dass man hören konnte, wie sich die Kerzen miteinander unterhielten.

Die erste Kerze flackerte und flüsterte: „Ich heiße Frieden. Mein Licht leuchtet, aber die Menschen halten ja keinen Frieden, sie wollen mich nicht." Darauf wurde das Licht dieser Kerze immer kleiner und verlosch schließlich ganz.

Die zweite Kerze knisterte: „Mein Name ist Glaube, aber ich bin überflüssig. Die Menschen glauben nicht mehr an das Gute und wollen auch von Gott nichts mehr wissen. Es hat keinen Sinn mehr, dass ich brenne." Ein Luftzug wehte durch den Raum, und die Kerze war aus.

Traurig meldete sich nun die dritte Kerze zu Wort. „Ich heiße Liebe. Ich hab keine Kraft mehr zu brennen. Die Menschen stellen mich auf die Seite. Sie sehen nur sich selbst und nicht die anderen, für die sie da sein sollten." Und mit einem letzten Aufflackern war auch diese Flamme erloschen.

Eine alte Frau, die alleine in der Kirche saß, bemerkte, dass es auf einmal ganz dunkel im Raum geworden war. Sie schaute auf und sah die erloschenen Kerzen und da traten ihr Tränen in die Augen, so dass sie die vierte Kerze nicht bemerkte, deren winziges Licht noch glimmte.

„Hab keine Angst", sagte die vierte Kerze mit sanfter Stimme. „Solange ich brenne, können wir auch die anderen Kerzen wieder anzünden. Ich heiße Hoffnung."

Da wischte sich die alte Frau die Tränen aus den Augen. Ja, dachte sie, solange diese letzte Kerze brannte, konnten die anderen Kerzen zu jeder Zeit wieder angezündet werden, auch wenn sie immer wieder aufs Neue erloschen. „Aber vielleicht“, flüsterte die alte Frau, „bleibt auch ihr anderen doch noch irgendwann einmal für immer leuchtend hell.“

Der Tanzengel

In diesem Jahr stellte die Mutter zu Beginn der Adventszeit neben den Adventskranz einen kleinen Engel, der auf einer Spieldose befestigt war. Nach dem Aufziehen des Spielwerks ertönte die Melodie „Alle Jahre wieder kommt das Christuskind". Dazu drehte sich die Figur und es schien, als würde sie dabei die Saiten der Gitarre zupfen, die sie in den Händen hielt.
Die Kinder waren von dem tanzenden Engel ganz begeistert. Vater erklärte ihnen die Funktionsweise der Dose. „Kinder wollen alles wissen", sagte er. „Deshalb muss man ihnen auch alles genau zeigen." Nun durften es die Kinder selbst versuchen. Immer wieder zogen sie das Spielwerk auf und der Engel drehte sich und „Alle Jahre wieder" ertönte alle Minuten wieder, erst in schnellem Tempo, dann immer langsamer werdend, bis schließlich die Musik mitten im Ton verstummte und den Engel zum augenblicklichen Stillstand zwang. Auf diesen Augenblick lauerten Moritz und Felix, der Schnellere von beiden ergriff die Dose, überdrehte beim hastigen Aufziehen beinahe die Feder und aufs Neue kreiste der Engel in pirouettenhaften Drehungen um seine eigene Achse, begleitet von der rasenden Melodie des „Alle Jahre wieder". Je öfter sich das Geschöpf des Himmels drehen musste, desto grünlicher schien seine Gesichtsfarbe sich zu färben, wobei auch zunehmend mehr der Eindruck entstand, als hielte er sich krampfhaft an seiner Gitarre fest, so als hätte ihn Schwindel ergriffen.
Die Kinder störte diese aufkeimende Übelkeit nicht. Kaum stand er still, zwangen sie ihn durch das Aufziehen des Spielwerks zur nächsten Tanzrunde, zu der erneut die „Alle-Jahre-wieder"-Weise erklang. Die Mutter ermahnte die Buben nach einer Stunde, doch um Himmels Willen endlich einmal eine kurze Pause einzulegen.

Doch sie folgten dieser Anregung nicht. Da ging Mutter in die Küche und dämpfte durch das Schließen der Schiebetüre die Musik und die zunehmende Reizung ihrer Nerven. Vater floh wie immer bei erfolglosen Erziehungsversuchen der Mutter nach oben in sein Zimmer, wo er die Töne, die ihn dorthin hartnäckig verfolgten, durch Radiomusik übertönte. Zerknirrscht grübelte er darüber nach, ob man Kindern wirklich immer alles genau zeigen sollte, nur weil sie alles wissen wollen.
Die Kinder aber ließen ihren Engel nicht in Ruhe. Die erneut gespannte Spielfeder nötigte ihn zum Tanz, immer wieder. Er drehte sich, den Mund schmerzhaft zu einem Wehlaut geöffnet, die Hände verkrampft an die Gitarre geklammert und schien endgültig am Ende seiner Kräfte angelangt zu sein. Als er wieder einmal erstarrt wie zur Salzsäule anhielt und Moritz die Finger nach ihm ausstreckte, geschah Unerwartetes. Der geflügelte Tänzer rutschte plötzlich von der Spieldose. Moritz zog erschreckt die Hand zurück. Der Engel ließ die Gitarre fahren, wankte über den Tisch, glitt von dessen Rand mit matten Flügelschlägen zu Boden, torkelte nach der unsicheren Landung quer durch das Wohnzimmer, kroch unter das an der Wand stehende Sofa und kam von dort nicht mehr zum Vorschein. Moritz entfuhr ein „Ui-schau"- Ruf. Felix hatte die Flucht des Engels sprachlos verfolgt. Beide erstarrten so wie der Engel nach Beendigung einer jeden Tanzrunde und fixierten mit erstaunten Blicken die Stelle, an der das himmlische Wesen unter das Sofa verschwunden war.
„Mama", rief Moritz zaghaft, „der Engel ist uns weggelaufen." „Na endlich", seufzte Mutter, „ein Wunder, daß er es überhaupt so lange ausgehalten hat." „Mama", erklärte Felix, „er hat sich unter das Sofa verkrochen. Wer soll jetzt tanzen?" „Ich jedenfalls nicht", rief die Mutter, „und Vater braucht ihr auch nicht zu fragen." „Kommst du mal", fragte Moritz, „die Dose läßt sich auch nicht mehr drehen."

„Gott sei Dank“, murmelte die Mutter erleichtert und kam ins Wohnzimmer. „Wo ist der Engel“, fragte sie tonlos, als sie den leeren Dosentanzplatz erblickte. „Unterm Sofa“, sagte Moritz treuherzig. „Erzähl mir keinen Unsinn!“, schimpfte die Mutter. „Wer von euch hat ihn abmontiert?“ „Keiner“, erklärte Felix, „er ist freiwillig davongelaufen.“ „Gleich werde ich ärgerlich“, drohte die Mutter. „Zum letzten Mal: wo ist der Engel?“ Die beiden Buben deuteten stumm in Richtung Sofa-Untergrund. Mutter riß die Türe auf. „Alfred“, rief sie nach dem Vater, „komm bitte herunter!“ „Hast du die Spieldose in Beschlag genommen“, tönte es von oben. „Das ist nicht nötig. Sie funktioniert nicht mehr, und der Engel ist auch weg“, rief Mutter hinauf.

Augenblicklich stand Vater im Zimmer. „Wieso ist da kein Engel mehr drauf“, keuchte er. „Die Kinder sagen, er sei unter das Sofa geflohen“, erklärte Mutter spöttisch. Schon lag Vater auf dem Bauch und robbte sich an die Versteckhöhle heran, schaute angestrengt ins Dunkel und sagte: „Ich sehe nichts.“ „Aber er muß dort sein“, beharrte Moritz. „Du mußt ihn rauslocken“, schlug Felix vor. „Locken, locken! Wie stellst du dir das eigentlich vor“, knurrte Vater. „Sing doch einfach ‚Alle Jahre wieder‘“, riet Moritz. „Bist du verrückt“, regte sich Vater auf, „davor ist er doch gerade davongelaufen, wenn ihr die Wahrheit gesagt habt.“ „Dann versprich ihm, daß er nie wieder auf die Spieluhr muss“, empfahl ihm Mutter. „Hallo, Englein“, säuselte Vater unters Sofa, „wir alle versprechen dir, daß du nie mehr tanzen musst. Komm doch bitte wieder heraus.“

Der Engel zeigte sich nicht. Die Erprobung der Überredungskünste wurde bis zum frühen Abend fortgesetzt. Jeder hatte mehrere Versuche frei, legte sich auf den Bauch vor dem Sofa und begann darauf loszulocken. Die Versprechungen liefen im Wesentlichen auf folgende Zusagen hinaus: kein Tanzzwang mehr; Abschaffung

der „Alle-Jahre-wieder“ Anhörfolter; Entfernung der Gitarre; vorgezogene Ruhestandsgarantie neben der Krippe.
Gegen 19 Uhr zeigte sich der Gesuchte, zermürbt, mit hängendem Kopf und schlappen Flügeln. Vater gewährte ihm in seinen großen Händen wortlos Asyl. Er trug ihn zur Erholung auf den Dachboden und legte ihn dort zur Schlafkur in die Schachtel, in der auch die Krippenfiguren untergebracht waren. Als Vater die Bodentreppe herabstieg, murmelte er betroffen. „Also, das hätte ich nie für möglich gehalten, dass man jemand in so kurzer Zeit derart nervlich zerrütten kann. Das schaffen auch nur unsere Kinder.“
Es war still im Zimmer, als sich die Familie an den Tisch setzte. Mutter zündete die erste Kerze auf dem Adventskranz an. Alle sahen betreten in die flackernde Flamme und immer wieder verstohlen auch auf die verwaiste Spieldose. Moritz fragte leise: „Wenn es dem Engel morgen wieder besser geht, kann er dann ...“
„Nein“, unterbrach ihn Vater, „er kann nicht.“ Felix stupste die Spieluhr an. Sie blieb stumm. Da begann er etwas falsch, aber unheimlich lieb „Alle Jahre wieder“ zu summen. Weder Vater noch Mutter brachten es übers Herz, es ihm zu verbieten.

WIE DAS SCHENKEN ERFUNDEN WURDE

Vor neunzehntausenddreihundertsiebenundzwanzig Jahren genau lebten einmal zwei Urmenschen, denen wir das Schenken zu verdanken haben. Damals schenkte man sich noch nichts. Es gab keine Geburtstags-, Namenstags- und Weihnachtsgeschenke. Nicht einmal zu Ostern bescherten sich die Menschen.
Eines Tages aber passierte es dann. Da brach einem Steinzeitmenschen bei der Arbeit seine Steinaxt mitten entzwei. Neben ihm stand ein zweiter Steinzeitmensch, der sah das und reichte dem Pechvogel seine Steinaxt. Der nahm sie, klopfte damit herum, und als er seine Arbeit beendet hatte, wollte er sie seinem Nachbarn wieder zurückgeben.
Doch sprach der: „Ich schenke sie dir. Ich habe nämlich noch eine zweite." Der erste Steinzeitmensch konnte das nicht begreifen, und er erzählte es allen anderen Steinzeitmenschen.
Die fanden diese Idee prima, und bald schenkten sich alle Steinzeitmenschen gegenseitig Steinäxte.
Nach einem halben Jahr hing ihnen die Axt-Schenkerei aber zum Halse heraus. Da kam einem anderen ein zweiter Einfall: „Man kann auch einen Speer, eine Holzkeule oder einen Lendenschurz verschenken." Gesagt, getan.
Was soll ich lange reden?
Die Steinzeitmenschen erfanden acht Wochen später nun noch Schenktage wie Ostern, Weihnachten und Geburtstag und ganz zum Schluss auch noch den Muttertag, an denen man sich alles Mögliche schenken kann.
So also war das mit dem Schenkenerfinden.

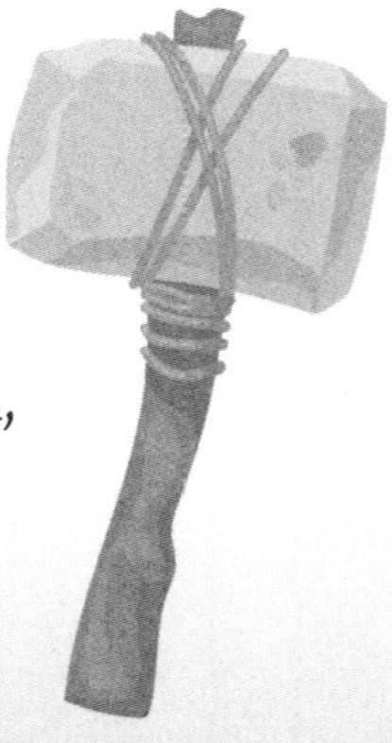

Sparifankerl und Luzigankerl

Es waren einmal zwei dumme Teufelchen, die hießen Sparifankerl und Luzigankerl und sie lebten in der Hölle. Sie waren schlimme kleine Lausbuben, denen nichts anderes im Kopf umging als jeden zu tratzen, den sie erwischten und ihm eins auszuwischen. Vom Himmel wollten sie nichts wissen, aber auf der Welt und vor allem im Bayernland gefiel es ihnen gut. Da durften sie das Jahr über nach Herzenslust herumstrolchen und ihren Unfug treiben. Wenn aber die Weihnachtszeit anbrach, da sollten sie zu Hause bleiben, und wenn sie fragten warum, dann brummte des Teufels Großmutter: „Ihr wollt wissen warum? Ganz einfach, ihr seid noch blutjung und aus diesem Grund auch noch nicht hart genug. Wenn ihr euch zur Weihnachtszeit bei den Menschen herumtreibt, dann kann euch etwas Schlimmes zustoßen und am Ende kommt ihr mir womöglich nicht wieder. Und deshalb bleibt ihr da. Basta!"

Einmal waren die beiden zur Weihnachtszeit sogar eingesperrt worden, weil gerade niemand Zeit hatte, auf sie aufzupassen. Da schimpften sie wie die Rohrspatzen. Sparifankerl schlug sich vor die Brust und schrie: „Was soll denn das? Ich bin hart wie ein Felsbrocken!" Und Luzigankerl fauchte: „Wetten, ich bin so hart, dass man die härtesten Nüsse mit mir knacken kann." Die beiden waren nun fuchsteufelswild und fingen in ihrer Wut an, ein Loch in die Wand zu kratzen, dass die Fetzen nur so flogen.

Auf einmal stießen sie auf ein Mauseloch. „Das geht zur Erde hoch", jubelte Luzigankerl, „auf geht's, nichts wie hinauf!" Das ließ sich auch Sparifankerl nicht zweimal sagen und im Nu machten sie sich so klein wie eine Maus, denn das konnten sie. Und wuseldiwasel krabbelten sie nach oben und es dauerte nicht lange und sie waren auf der Erde angelangt. Die beiden Lauser waren ganz stolz auf ihren pfiffigen Einfall. „Jetzt wollen wir doch mal sehen", sagte Luzigankerl, was zur Weihnachtszeit hier oben los ist, und warum wir nicht herauf durften."

Bedauerlicherweise war aber überhaupt nichts los, da sie gerade in einem tiefen Wald auf die Erde herausgekommen waren. Der Schnee lag dick auf den Bäumen. Die Eiszapfen an den Tannen hingen so lang herunter, dass sie von einem Ast bis zum andern reichten. Die Raben krächzten, und die Hasen und die Füchse sagten sich eben „Gute Nacht", da schon die Dämmerung hereinbrach. „Donnerwetterdreckundbombenblitz!", fluchte Luzigankerl. „Hier ist es ja noch langweiliger als bei uns in der Hölle. Sind wir gar am Ende der Welt heraufgekommen?" – „Dann können wir lange laufen, bis wir Menschen finden", knurrte Sparifankerl.

Grantig fingen sie nun an, darauf loszumarschieren. Aber neben ihrem Weg standen nichts als Bäume, Büsche und Gestrüpp. Nicht einmal ein Vogel oder eine Maus oder sonst etwas Lebendiges lief ihnen über den Weg. Endlich aber, als es schon Nacht geworden war, kamen sie an eine einsame Hütte. Durch das schmale Fenster fiel ein heller Lichtschein ins Freie. Neugierig liefen die Teufelchen näher und lurten durch die Scheiben. Da schau her, da drinnen sah es ja ganz nett aus! Vor dem Herdfeuer hockte eine alte Frau mit zwei lebhaften Kindern, einem Buben und einem kleinen Mädchen. In der Mitte der sauberen Stube aber stand ein Tisch, auf dem ein kleiner grüner Tannenbaum zu sehen war. Die Teufelchen bekamen große Lust, sich an dem Feuer zu wärmen und mit den Kindern zu spielen. Und natürlich wollten sie den beiden einen üblen Streich spielen.

„Wir werden es schon schaffen, die beiden ungezogen zu machen", flüsterte Sparifankerl, „brave Kinder kann ich nämlich überhaupt nicht leiden, rüpelhafte sind viel lustiger. Auf geht's, machen wir die beiden frech und unfolgsam!" Bei diesen Worten klopfte er an das Fenster.

„Horcht", rief der Bub, „hat da nicht gerade jemand geklopft?" Und schon lief er zur Tür und öffnete sie. Die Teufelchen taten zunächst sehr bescheiden. „Ach, lasst uns nur ein wenig zu euch ins Zimmer", baten sie mit kläglicher Stimme. „Es ist so kalt draußen. Wir frieren und sind hungrig."
„Euch hat uns sicher das Christkindl geschickt", freuten sich Sepperl und Kathi, so hießen die Kinder. „Wir haben gerade zu ihm mit der Großmutter gebetet. Kommt und wärmt euch. Heute, am Heiligen Abend, darf niemand hungern und frieren." Da die alte Frau zwar noch kochen, spinnen und beten, aber leider nicht mehr gut sehen und hören konnte, erkannte sie die schlimmen Gäste nicht. Deshalb lud auch sie die beiden mit freundlicher Stimme ein: „Ja, kommt nur herein, liebe Kinder, ich zünde schnell die Kerzen am Christbaum an, dann können wir alle miteinander Weihnachten feiern." Etwas verlegen ließen sich Sparifankerl und Luzigankerl von Sepperl und Kathi ins Zimmer führen und betrachteten staunend den strahlenden Baum. Dabei war den höllischen Gästen ganz sonderbar zumute.
„Was riecht hier denn so wunderlich?" fragten sie ängstlich.
„Das ist der Christbaum mit seinen Nadeln", antworteten die Kinder.
„Und was schimmert hier so eigenartig?"
„Das sind die Weihnachtskerzen mit ihrem Glanz."
„Und was klingt hier so sonderbar?"
„Das sind die Kirchenglocken. Sie läuten die Heilige Nacht ein."
„Und warum legt ihr jetzt eure Hände so komisch aufeinander?"
„Wir falten sie, um zu beten, dass das Christkind auch zu uns kommt."
Bei diesen Worten knieten die Kinder nieder, und mit andächtiger Miene fingen sie an, ein frommes Lied zu singen, in das die Großmutter mit zittriger Stimme einfiel.

Sparifankerl und Luzigankerl kniffen sich die Augen zu, um nichts zu sehen. Sie steckten die Finger in die Ohren, um nichts zu hören. All das Heilige konnten sie als Teufelchen doch nicht ertragen und sie wünschten sich von hier schnellstmöglich weit weit fort, denn sie fühlten mit Schrecken, dass ihr hartes, kleines Teufelsherz beim Klang der Glocken, bei den Tönen des frommen Gesanges und durch den milden Glanz der Weihnachtskerzen fortwährend weicher wurde. Und das ist das Schlimmste, was einem Teufel passieren kann, denn der braucht ja ein steinhartes Herz, um recht böse sein zu können.

„Hört auf zu singen! Löscht die Kerzen aus! Lasst uns schnell, schnell hinaus!“ wimmerten sie kläglich.

Aber Sepperl und Kathi waren so ins Gebet vertieft, dass sie nicht darauf hörten, sondern immer nur in das schimmernde Licht schauten und fröhlich weitersangen.

Da erkannten die Teufelchen, dass sie sich selbst gefangen hatten, anstatt die Seelen der braven Kinder zu verderben, wie sie es sich vorgenommen hatten. Und nun konnten auch sie nicht mehr anders, sie mussten Augen und Ohren weit aufmachen und dem Singen und Klingen lauschen. Dabei fühlten sie ihre Herzen weich und weicher werden. Und auf einmal fielen auch sie auf die Knie, und in ihre Augen stiegen heiße Tränen.

Wenn aber ein Teufelchen weinen kann, dann wird ein Englein aus ihm und seine böse Seele ist erlöst. So sangen die beiden neuen Engelchen mit den Kindern und erlebten das Wunder der Heiligen Nacht. Dann erhoben sie sich in einer lichten Wolke, flogen zum Himmel hinauf und waren glückselig, dass sie nicht mehr in die Hölle zurückkehren mussten.

Nach einem alten Märchen, um 1900,
nacherzählt von Alfons Schweiggert

Jeden Tag ein Geschenk

Es soll vor 56 Jahren in Rapperszell einen Mann gegeben haben, der bekam vom ersten Lebenstag an täglich ein Geschenk. Als er ein Jahr alt war, hatte er bereits 365 Geschenke. Als er 10 Jahre alt war, hatte er 3650 Geschenke. Damals mussten die Eltern ein kleines Geschenkhaus bauen, um alle Geschenke unterzubringen.

Als der Junge 40 Jahre alt geworden war, hatte er 14tausend 600 Geschenke. Der Mann baute ein Hochhaus dafür. Seine Eltern waren inzwischen verstorben.

Als der Mann selbst mit 72 Jahren starb, hatte er 26tausend 280 Geschenke gesammelt. Zum Zeichen dafür, dass er ein Geschenk-Sammler war, legte man in seinen Sarg einen kleinen Gummiball. Mehr hatte darin nicht Platz.

Oh, Verzeihung, ich habe vergessen, dass jedes vierte Jahr ein Schaltjahr ist und einen Tag länger dauert. Der Mann hatte also nicht 26tausend 280 Geschenke, sondern etwa 26tausend 298, aber ganz sicher ist das auch nicht.

Und was, so werdet ihr nun fragen, geschah mit den vielen Geschenken nach seinem Tod? Nun, sie wurden an Kindergärten und Schulen verteilt. Von den 255 Kindergärten und Schulen, die beschenkt wurden, bekam jede Einrichtung etwa 100 Geschenke. In den 255 Kindergärten und Schulen aber befanden sich damals rund 16tausend 525 Kinder, die sich über die vielen Gaben sehr gefreut haben.

Und was lernen wir aus dieser Geschichte? Ganz einfach zweierlei: Erstens, dass Schenken in so riesigen Mengen einen ganz wirr im Kopf machen kann. Und zweitens, dass man sich mit derart großen Zahlen leicht verrechnen kann.

Das Märchen von der Weihnachtsgurke

Ein wunderschön geschmückter Christbaum stand im Wohnzimmer und wurde von allen bewundert: vom Vater und von der Mutter, von den Kindern, von Oma und Opa und von den Onkeln und Tanten.
„Ach, wie schön ist dieser Baum doch geschmückt", riefen alle. „Schau mal dort die funkelnden Sterne und hier die wunderbaren Glaskugeln! Und dort das Glitzer-Lametta und hier das weiße Engelshaar! Und schau mal dort, die silbernen Paradiesvöglein und die kleinen goldigen Nüsse hier unten und da die süßen Äpfelchen und die Nüsse!" Jeder entdeckte einen anderen Schmuck im Christbaum, und das Lob wollte kein Ende nehmen.
In der Ecke stand ein Glas, in dem eine kleine Essiggurke schwamm. Sie hörte alle diese lobenden Worte und wurde sehr traurig. „Die vielen Sachen hier am Christbaum sind auch zu schön", dachte sie sich, „aber ein Gurke durfte noch nie an einem Christbaum hängen. Das macht mich ganz traurig. Ich habe doch eine schöne grüne Farbe und könnte doch auch den Christbaum schmücken", dachte sich die kleine Gurke und verdrückte ein paar Tränen aus ihren kleine Warzen. „Aber wahrscheinlich bin ich den Menschen einfach zu hässlich. Wir Gurken sind in ihren Augen durch nur krumm und gewöhnlich!"
In diesem Augenblick trat das Christkind ins Zimmer und hörte, was die kleine Gurke weiter sagte: „Ach, wenn doch endlich auch eine Gurke am Christbaum hängen dürfte", seufzte sie. „Eigentlich passen wir doch gut zu Weihnachten. Waren denn nicht auch die Hirten in ihren braunen Kleidern nicht besonders schön anzuse-

hen? Und auch Maria und Josef waren doch nur ganz gewöhnliche Leute und der Stall war bloß eine schäbige Hütte. Und lag nicht das Christkind nur in einer einfachen Krippe auf Stroh und hatte nicht einmal Windeln. An Weihnachten denkt man doch an die Armen. Deshalb müsste am Christbaum doch auch Platz für einfache, ganz gewöhnliche Dinge sein, die verlacht und verspottet werden. Ich kann es einfach nicht verstehen, warum das nicht so ist."

„Du hast recht", sagte da das Christkind zur kleinen Gurke, die erschrak, als sie das Christkind bemerkte. „Deshalb sollst künftig auch du einen Platz am Christbaum erhalten", sagte das Christkind. Und schon nahm sie die kleine Essiggurke aus dem Glas und hängte sie an den Christbaum.

Als Oma ins Zimmer kam, entdeckte sie als erste die Gurke am Baum. Sie rief alle ins Zimmer: „Seht mal, an unserem Christbaum hängt auf einmal ein kleine Gurke!" Alle mussten lachen, doch Oma sagte: „Hört auf damit! Ich finde das Gürkchen eigentlich ganz hübsch!" Da fanden auch die anderen Gefallen an dem neuen Christbaumschmuck.

Gleich nach den Weihnachtstagen rief Oma bei einem Hersteller von Christbaumschmuck an und sagte: „Wissen Sie, mein Bester, welcher Christbaumschmuck in ihrem Sortiment noch fehlt?" Der Mann hatte natürlich keine Ahnung. „Eine Gurke", erklärte ihm die Oma. Der Christbaumschmuckhersteller glaubte zuerst, dass sich da jemand einen Scherz mit ihm erlauben wolle. Doch Oma erklärte ihm den Grund, warum ihrer Ansicht nach auch eine Gurke an den Christbaum gehört. „Gerade

an Weihnachten", sagte sie, „sollen wir doch auf kleine und krumme Dinge achten, die durch ein bisserl Menschlichkeit und Liebe groß und grade werden können, meinen Sie nicht auch?" Dem konnte der Christbaumschmuckhersteller nicht widersprechen und deshalb fand er Omas Idee eigentlich recht schön. Er beschloss deshalb, außer dem üblichen Christbaumschmuck nun auch grüne kleine Gurken aus Keramik und aus Glas produzieren zu lassen, die er dann im Advent in den Kaufhäusern anbot. Und tatsächlich, die Leute fanden die kleinen Porzellan- und Glasgurken so hübsch, dass sie diesen Schmuck kauften und an Weihnachten die Christbäume auch mit Weihnachtsgurken schmückten.
Darüber war die kleine Gurke natürlich sehr glücklich und sie bedankte sich beim Christkind, das dafür gesorgt hatte, dass ihr Wunsch wahr wurde.
Da die grünen Weihnachtsgurken wegen ihrer grünen Farbe aber im Grün der Tannenzweige leider kaum zu entdecken sind, gab es schon bald einen schönen Brauch. Wer im Christbaum nämlich als erster eine Weihnachtsgurke entdeckt, so sagt man, der soll im kommenden Jahr angeblich besonders viel Glück haben. Kinder, die eine solche Gurke im Baum sehen, erhalten außerdem ein zusätzliches Weihnachtsgeschenk.
Schon bald gab es auch ein Christbaumgurkenweihnachtslied, das ein richtiger Hit wurde und das jeder gerne sang.

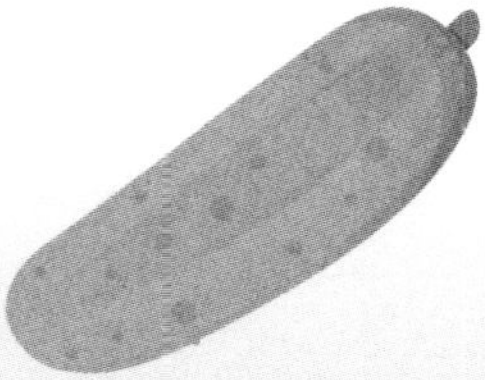

Zwischen Glitzerkugeln und Lametta,
ganz versteckt im Weihnachtsbaum,
hängst du, kleine Weihnachtsgurke,
bist in all dem Grün zu sehen kaum.

Du bist krumm, von Warzen übersät,
eine Schönheit bist du wirklich nicht,
doch wir alle sind in dich verliebt,
zauberst uns ein Lächeln ins Gesicht.

Passt du doch zur Krippe und zum Stall,
zu den Engeln, die in dunkler Nacht
den armen Hirten auf dem Feld
die frohe Botschaft überbracht.

Hängst du nicht im Weihnachtsbaum,
fehlt etwas zum Weihnachtsfest.
Erst mit dir, du kleine Weihnachtsgurke,
wird das Weihnachtsfest zu einem Fest.

Der Weihnachtsschneemann

Weihnachten stand vor der Tür. In so mancher Wohnung erstrahlten auf dem grünen Kranz die Adventskerzen und kündigten das nahe Fest an. Es hatte bereits tüchtig geschneit und in einem Garten stand ein besonders großer und schöner Schneemann mit kohlschwarzen Augen und ebensolchen Knöpfen auf dem Bauch, dazu einen silbrig glänzenden Topf als Hut auf dem Kopf. Eigentlich hätte der Schneemann glücklich sein müssen. Aber er war es nicht. Durch die Fenster der umliegenden Häuser konnte er nämlich die brennenden Kerzen auf den Adventskränzen sehen. Nur er selbst stand ganz allein im Freien und hatte kein Licht bei sich. Immer wenn nachts die Fensterläden geschlossen wurden, empfand er seine Einsamkeit in der Dunkelheit besonders schmerzlich.

Sebastian, der den Schneemann gebaut hatte, beobachtete am nächsten Tag bei Einbruch der Dämmerung zufällig, wie sein weißer Freund sehnsüchtig auf die brennenden Lichter in den Stuben blickte. Da bekam er Mitleid mit ihm und er hatte eine Idee. Rasch flocht er aus ein paar Tannenzweigen einen kleinen Kranz, befestigte vier Kerzen darauf, lief ins Freie, nahm dem Schneemann den Topf vom Kopf und krönte ihn stattdessen mit dem Kranz. Dann zündete er die Kerzen an. Da glitzerte das Gesicht des Schneemanns vor Freude. Der Lichtschein erhellte das Dunkel um seinen kalten Freund, dem ganz warm ums Herz wurde. Und manchmal liefen ihm von der Kerzenhitze sogar eine paar Freudentränen aus seinen Kohleaugen. Er fühlte sich als richtiger Weihnachtsschneemann.

Als am 24. Dezember in den Häusern die Christbäume erstrahlten, vergaß Sebastian seinen Schneemann nicht. Er steckte ihm rechts

und links große Zweige in die Hüften. Daran hängte er einige bunte Kugeln und goldglänzendes Lametta und steckte weitere Kerzen auf. Der Schneemann erstrahlte schöner als so mancher Weihnachtsbaum. Nach der Bescherung lief Sebastian in den Garten hinaus. Staunend sah er, wie die Schneekristalle seines Freundes zauberhaft funkelten und wie sein Licht weit hinein in die schwarze Nacht leuchtete. „Frohe Weihnachten", sagte Sebastian leise.
Einen solchen Schneeweihnachtsmann gab es sicher nur einmal auf der Welt, und schuld daran war nichts als ein wenig Licht, das ein aufmerksamer kleiner Bub verschenkt hatte.

Das erste Weihnachtsmärchen der Welt

Es war im Advent. Da versammelten sich die Kinder um den Adventskranz und Oma begann, ihnen wundersame Geschichten zu erzählen, von denen die Kinder gar nicht genug hören konnten. Als die Märchenstunde aber dann doch zu Ende war, fragte die kleine Sarah: „Du Oma, was war eigentlich das erste Weihnachtsmärchen der Welt?“ – „Was das erste Weihnachtmärchen war, willst du wissen“, fragte Oma erstaunt. „Ja, bitte erzähl uns doch noch das Märchen vom ersten Weihnachtsmärchen der Welt“, bettelten nun auch die anderen Kinder. „Da muss ich erst einmal überlegen“, meinte Oma und dachte nach. Nach einer Weile sagte sie: „Jetzt ist mir eingefallen, welches Märchen das war. Also passt gut auf. Ihr wisst doch, dass vor 2000 Jahren Maria schwanger war und das Jesuskind erwartet hat. Zusammen mit Josef ist sie damals in das Dorf Bethlehem gewandert. Dort haben die beiden eine Herberge gesucht, aber leider war nirgendwo mehr ein Platz frei und so mussten sie sich schließlich mit einer einfachen Unterkunft in einem Stall zufrieden geben, wo ein Ochse und ein Esel standen. In dieser ärmlichen Bleibe hat Maria dann ihr Kindlein zur Welt gebracht, das den Namen Jesus bekommen hat. Und weil auch kein Bett im Stall vorhanden war, wurde das Neugeborene in die Futterkrippe auf Heu und Stroh gebettet und nur der Atem von Ochs und Esel haben das Kind ein wenig gewärmt, das nicht einmal Windeln hatte.

Ganz in der Nähe dieses Stalls waren Hirten auf dem Feld, die in der Nacht auf ihre Herde aufpassten. Auf einmal flammte ein heller Lichtschein auf und ein strahlender Engel stand vor ihnen. Als das

so unerwartet passierte, erschraken die Hirten und fürchteten sich sehr. Doch der Engel beruhigte sie: ‚Ihr braucht doch keine Angst zu haben! Seht, ich verkünde euch eine große Freude. Euch ist heute der Heiland geboren. Das Kind ist in Windeln gewickelt und liegt in einer Krippe dort hinten im Stall. Ihr könnt es besuchen.' Und schon war der Engel plötzlich wieder verschwunden. Nachdem sich die Hirten vor ihrem Schrecken erholt hatten, beschlossen sie: ‚Kommt, gehen wir zu dem Stall nach Bethlehem und sehen nach, was da geschehen ist.' Alle waren einverstanden und machten sich sofort auf den Weg.
Jonas, ein kleiner Hirtenbub, dachte: ‚Wenn ich das Kind besuche, will ich ihm aber auch etwas mitbringen.' Er überlegte, was das sein könnte und sah sich in seinen wenigen Sachen um, die er besaß. Dann packte er in seine Tasche zwei kleine Brotfladen und aus der Schafherde holte er ein kleines Lämmchen, das ihm gehörte. Und schon lief er den anderen Hirten nach und folgte ihnen auf dem Weg zum Stall von Bethlehem. Als sie dort ankamen, fanden sie Maria und Josef und sahen das neugeborene Kind in der Krippe liegen, das von einem hellen Lichtschein umgeben war, der die Hirten blendete.
Jetzt drängte sich Jonas nach vorne und packte seine Gaben aus. Die beiden kleinen Brotfladen überreichte er Maria und Josef, die hungrig aussahen und die ließen sich das karge Mahl schmecken. Das Lämmchen aber legte er neben die Krippe, wo es brav liegen blieb. ‚Das gehört dir', sagte er zum Jesuskind, ‚damit du später etwas zum Spielen hast.' Maria und Josef bedankten sich bei Jonas und es schien, als ob auch das Jesuskind lächelte. Die Hirten aber waren vom Anblick des Kindes, das sie anstrahlte, sodass es ihnen ganz warm ums Herz wurde, wie verzaubert.
Nachdem sie zu ihrer Herde zurückgekehrt waren, erzählten die Hirten in den folgenden Tagen allen, denen sie begegneten, was

sie mit dem Engel und im Stall von Bethlehem erlebt hatten. Und alle, die das hörten, wunderten sich über diese Geschichte.
Das erste Weihnachtsfest", so schloss Oma nun ihre Geschichte, „das ereignete sich also vor 2000 Jahren. Den ersten Besuch an Weihnachten haben die Hirten unternommen. Für das erste Weihnachtsessen hat der kleine Hirte Jonas gesorgt. Es waren die beiden Brotfladen für Maria und Josef. Auch das erste Weihnachtsgeschenk stammte von Jonas. Es war das Lämmchen, das er dem Jesuskind mitgebracht hat. Ja, und die erste Weihnachtsgeschichte haben die Hirten erzählt, indem sie allen Menschen, die sie trafen, von dem wunderbaren Licht berichteten und davon, was sie erlebt hatten. Das erste und älteste Weihnachtsmärchen der Welt", sagte Oma, „ist also 2000 Jahre alt und entstand zur Zeit, als das Jesuskind im Stall von Bethlehem auf die Welt kam." – „Aber gab es damals auch schon den ersten Christbaum", wollte Sahra nun noch wissen. „Nein", sagte Oma, „aber für den ersten Christbaum war eigentlich auch das Jesuskind verantwortlich. Der erste Christbaum hieß nämlich noch Paradiesbaum und dieser Baum erinnert uns an Adam und Eva, die ersten Menschen, die im Paradies lebten. Für die Nachkommen von Adam und Eva, also für uns alle, ist dann vor 2000 Jahren das Jesuskind zur Welt gekommen. Aus dem grünen Paradiesbaum von einst wurde viele Jahre später dann der Christbaum, den man mit Äpfeln, allerlei Zuckerleckereien und später auch mit Kerzen schmückte."
„Dann ist ja irgendwie alles an Weihnachten mit dem Jesuskind verbunden", meinte Sarah. „Da hast du recht", sagte Oma, „die Geburt des Jesuskindes und Weihnachten sind nicht voneinander zu trennen und nicht allein das erste und älteste Weihnachtsmärchen der Welt, das ich euch eben erzählt habe, ist damit eng verbunden."

Die wundersame Weihnachtsglocke

Vor langer, langer Zeit, als noch seltsame Geschichten passierten, da lebte in Russland in einem kleinen Dorf ein Bauer. Der war so bettelarm, dass er seiner Frau und den Kindern nicht einmal an Weihnachten etwas schenken konnte. Jeder Heilige Abend wurde für ihn deshalb zu einem traurigen Fest. Als wieder einmal Weihnachten nahte, beschloss der Bauer, Heilig Abend ganz ausfallen zu lassen. Stattdessen ging er traurig in die stockfinstere Nacht hinaus.

Plötzlich stolperte er über einen Stein am Boden. Doch als er genau hinsah, erkannte er, dass es kein Stein war, sondern ein Ring aus Eisen, der aus dem Boden herausragte. „Na so was“, wunderte sich der Bauer, „dieses Trumm, das da im Boden steckt, das will ich mir doch einmal etwas genauer ansehen.“

Er lief nach Hause und holte aus dem Stall seinen alten Ochsen und ein Seil. Das eine Ende des Seils band er dem Ochsen um den Hals und das andere zog er durch den Eisenring am Boden. Dann trieb er den Ochsen an und der zog und zog. Langsam hob sich Stück für Stück ein riesiges Ding aus dem Erdreich und das war eine große Glocke.

Alle Dorfbewohner eilten nun herbei und bestaunten den eigenartigen Fund. Doch keiner wusste, wie die Glocke in den Boden gekommen war. Da alle an ein Wunder glaubten, brachten sie den Fund zur Kirche und weil auf dem Kirchturm noch keine Glocke hing, schafften sie diese in den Turm hinauf. Weil es Heiligabend war, läuteten sie die Glocke, deren wunderbarer Klang in alle Herzen drang und einen jeden verzauberte. Wer traurig war, der wurde fröhlich, wer einsam war, der fühlte sich nicht mehr allein, wer arm war, der glaubte reich zu sein, wer Sorgen hatte, der fasste neuen Mut und wer krank war, der wurde auf der Stelle gesund. Die Glocke füllte mit ihrem Zauberklang alle Herzen mit einer unbeschreiblichen Weihnachtsfreude. Von nun an läutete sie an jedem Heiligen Abend und ihr Wohlklang vertrieb für ein ganzes Jahr alle Nöte und Sorgen und machte die Menschen in dem Dorf froh.

Doch bald verbreitete sich die Nachricht von der Wunderglocke im ganzen russischen Reich. Auch der mächtige Zar in St. Petersburg hörte davon und er befahl: „Bringt die Glocke sofort zu mir! Ich muss sie haben!“ Obwohl die Dorfbewohner den Zaren anflehten, er möge ihnen ihre Glocke doch nicht wegnehmen, erhörte er ihre Bitten nicht. „Ich bin der Zar“, rief er, „die Glocke gehört mir!“ Und er befahl seinen Soldaten, sie vom Turm herunterzuholen und sie zu ihm nach Sankt Petersburg zu transportieren.

Die Soldaten führten den Befehl aus. Doch als man die Glocke auf einen Wagen geladen hatte, rührte der sich nicht von der Stelle. So sehr die Soldaten, die Ochsen und Rösser, die man vor den Wagen spannte, auch zogen und zerrten, es gelang ihnen nicht, den Wagen auch nur ein Stück fortzubewegen. Als der Zar davon erfuhr, war er darüber so wütend, dass er befahl, die widerspenstige Glocke in Stücke zu zertrümmern. Die Soldaten folgten dem Befehl und bald war sie in tausend kleine Stücke zerschlagen. Die traurigen Dorfbewohner kehrten die Trümmer zusammen und errichteten einen gewaltigen Scherbenhaufen, der mitten auf dem Dorfplatz liegen blieb.

Als wieder der Heilige Abend herankam, war in der Nacht plötzlich eine helles Klingen zu hören. Sofort liefen die Dorfbewohner zum Scherbenhaufen und da sahen sie, dass sich alle Scherben in tausende goldglänzende kleine Glöckchen verwandelt hatten.

Ein jeder durfte sich nun eines der Glöckchen nehmen und trug es voll Freude zu sich nach Hause. Es blieben aber noch so viele übrig, die man an alle Bewohner der Nachbardörfer verteilen konnte. Und noch heute kann man nicht nur in ganz Russland an Heiligabend die kleinen Zauberglöckchen klingen hören.
Auch für dich ist ein solches Glöckchen übrig geblieben und du kannst den Christbaum damit schmücken. Und wenn du ganz still bist, dann vernimmst auch du den süßen Klang, der dich und alle, die ihn hören, froh macht.

Wie's Rentier Rudi mit der roten Nase auch nach Bayern kam

Hoch oben im eisigen Norden lebte im Dorf des Weihnachtsmannes, wie jeder weiß, einst ein kleines Rentier mit dem Namen Rudolf. Eigentlich war Rudolf ein Rentier wie alle anderen, wenn er nicht ein besonders Merkmal gehabt hätte. Immer wenn er sich nämlich aufregte, begann seine Nase grellrot zu leuchten. Weil dies so komisch aussah, wurde Rudolf von den anderen Rentieren immer wieder ausgelacht und verspottet: „Rudolf, deine Nase glüht schon wieder so rot", riefen sie, und weil sich Rudolf darüber aufregte, leuchtete seine Nase gleich noch röter als rot.

Ganz besonders traurig aber war Rudolf darüber, dass ihm der Weihnachtsmann einen Herzenswunsch abschlug. Rudolf wollte wenigstens einmal am Heiligen Abend mithelfen, den Gabenschlitten zu ziehen. „Das geht leider nicht", sagte der Weihnachtsmann, „denn mit deiner roten Nase würdest du ja nur die Kinder erschrecken." Ein Heiliger Abend nach dem anderen kam und ging, aber Rudolfs Traum wurde ihm nie erfüllt.

Doch dann kam ein Heiliger Abend heran, an dem die Fahrt ins schöne Bayernland gehen sollte, weil ja auch dort die Kinder auf ihre Gaben warteten. Doch da kam vom Wetterdienst die Nachricht, dass in Bayern ein so dichter Nebel herrscht, dass eine Fahrt dorthin viel zu gefährlich sei. Der Weihnachtsmann wollte deshalb seine Fahrt nach Bayern schon absagen. Die Kinder dort hätten dann natürlich auch keine Geschenke bekommen. „Ich könnte nur fahren", seufzte der Weihnachtsmann, „wenn es ein so grelles Licht gäbe, das die Nebelschwaden in Bayern durchdringt, sodass ich den Weg nicht verfehlen kann." Da meldete sich Rudolf und sagte kleinlaut: „Das Licht kann doch ich machen, indem ich meine Nase so rot leuchten lasse, dass alle Nebelschwaden davon durchdrungen werden."

Der Weihnachtsmann fand die Idee ausgezeichnet und nun spannte er zum ersten Mal das Rentier Rudolf als Anführer vor seinen Schlitten. Sofort begann Rudolfs Nase grellrot zu leuchten und durchdrang mit dem Lichtstrahl mühelos die dichten Nebelschwaden. Ohne Probleme konnte der Weihnachtmann mit seinem Gabenschlitten nun auch zu den Kindern in Bayern kommen. Und weil bayerische Kinder mutig sind, hatten sie auch überhaupt keine Angst vor Rudolfs rotleuchtender Nase, im Gegenteil. Sie fanden das Licht wunderschön und freuten sich darüber.

Von nun an wurde Rudi – so nannte man ihn in Bayern – von niemandem mehr wegen seiner roten Nase verlacht. Und dass er zum ersten Mal den Gabenschlitten begleiten durfte, daran war der dichte Nebel in Bayern schuld. Und darauf sind natürlich alle Kinder in Bayern mächtig stolz: „Wegen unserem dicken Nebel in Bayern", so riefen sie, „hat der Rudi endlich mitfahren dürfen! Sein roter Zinken, er lebe hoch!"

Seither ist am Hl. Abend jedes Jahr der Rudi natürlich dabei, wenn der Weihnachtsmann mit seinem Gabenschlitten zu den Kindern ins neblige Bayern fährt, die fröhlich in das Lied einstimmten:

Das kleine Rentier Rudi
hoch im Norden ist bekannt.
Seine Nase leuchtet überall
auch bei uns im Bayernland.

Die Rentiere sie lachten erst
den armen Rudi aus.
Nie durfte er den Schlitten ziehn.
blieb Weihnachten zu Haus.

Doch einmal gab es Nebel,
in Bayern, furchtbar dicht.
„He, Rudi“, rief der Weihnachtsmann
„mach mir doch bitte Licht!

Führ du den Schlitten heute an
und mach den Weg mir hell,
dann fahrn wir zu den Kindern
in Bayern blitzesschnell.“

Und Rudis rote Nase
sie glühte gleißend hell.
Der Weg war frei, die Nebel
verschwanden rasend schnell.

Seither ist Rentier Rudi
auch in Bayern Superstar,
ist hier beliebt und alle finden
seinen Zinken wunderbar.

Der Christmensch

Es war Heiligabend. Der Christbaum erstrahlte in hellem Glanz der Kerzen. Soeben war Bescherung gewesen. Jeder hatte zumindest ein Geschenk bekommen, der Vater, die Mutter und die Großmutter. Den drei Kindern hatte das Christkind sogar mehrere Gaben gebracht. Alle waren zufrieden und fröhlich. Zwischendurch knabberte man an den Plätzchen, schlürfte ein heißes Getränk und lauschte der weihnachtlichen Festmusik.
Plötzlich war laut und deutlich eine Stimme zu hören: „Und wer beschenkt eigentlich mich?" Der Vater schaute erschreckt die Großmutter an, die Kinder blickten beunruhigt zur Mutter. Das Gespräch verstummte schlagartig. Nur das Weihnachtslied „Still, still, weil's Kindlein schlafen will ..." erklang leise aus den Lautsprechern des Plattenspielers.
„Ich habe gefragt, von wem eigentlich ich ein Geschenk bekomme", war die unheimliche Stimme erneut zu hören. Vater blickte zum Christbaum. Von dort war sie gekommen. Ja, kein Zweifel, der Christbaum hatte gesprochen. Alle schauten jetzt auf ihn.
„Ja, seht nur her", sagte der Tannenbaum, „ich habe mir erlaubt zu fragen, wer eigentlich mir heute ein Geschenk macht?" Die Familie war ratlos. Ein Tannenbaum will ein Geschenk? Das konnte doch wohl nicht wahr sein. Der Christbaum klärte sie auf: „Schließlich stehe ich die ganze Weihnachtszeit hier für euch herum, das ist doch wohl ein kleines Geschenk wert, oder nicht?" Nach einer Verlegenheitspause fragte schließlich der kleine Felix: „Ja schon, und was hast du dir denn gewünscht?" – „Nun", sagte der Christbaum forsch, „nicht besonders viel. Ich möchte nur einen schön geschmückten Menschen für mich mit allem Drum und Dran haben."

Die ganze Familie sperrte jetzt den Mund auf: Was wollte der Tannenbaum? Einen schön geschmückten Menschen? Als erste gewann die Großmutter ihre Fassung wieder. Sie sagte: „Ach, ich verstehe, was er will. So wie wir einen Tannenbaum als Christbaum schmücken, so will der Christbaum einen von uns geschmückt vor sich stehen haben, also gewissermaßen einen schön geschmückten Christmenschen."
„Du hast es begriffen, Oma", bestätigte der Baum die Erklärung der Großmutter. „Ich will einen schönen Weihnachtsmenschen mit Kerzen, Kugeln, Lametta und einem Stern auf dem Kopf." Alle schwiegen betreten. „Na, meinetwegen", sagte die Mutter schließlich hilflos. Sie sah den Vater an. „Was?" rief der. „Soll ich schon wieder der Dumme sein?" – „Nicht der Dumme", sagte der Christbaum, „sondern mein Christmensch."

Jetzt sahen alle erwartungsvoll und bittend auf den Vater. Nach einer halben Stunde stand der bereits schön geschmückt vor dem Christbaum. Er hatte einen grünen Pullover an und eine braune Cordhose. Auf seinen ausgestreckten Armen erstrahlten zwölf rote Kerzen. Auf dem Kopf glitzerte ein goldener Stern, den ein Gummiband hielt. Aus seinen Hosentaschen hing Goldlametta, und von seiner Nase, ebenso von seinen beiden Ohren baumelten eine rote und zwei blaue Kugeln. So stand der Vater zwei volle Stunden zwischen seinen Angehörigen, umklungen von zarten Weihnachtsgesängen. Die Großmutter seufzte lächelnd: „Also das hätte ich mir in meinem

Alter nicht mehr träumen lassen. Dass ich das noch erleben darf."
Und der Christbaum sagte zwischendurch Sätze wie: „Ist er nicht herrlich, mein Christmensch?" Oder: „Er ist wirklich geschmackvoll geschmückt und so schön grad gewachsen. Bloß oben die Haare sind schon etwas licht. Er wird doch nicht schon nadeln? Aber diesen Fehler verdeckte zum Glück der schöne Stern.
Und plötzlich sang der Christbaum das altbekannte Lied:

„O Christenmensch, o Christenmensch,
wie schön sind deine Arme,
die streckst du weg zur Weihnachtszeit,
das strengt dich an, du tust mir leid,
so dass ich mich erbarme.

O Christenmensch, o Christenmensch,
senk deine Arme wieder,
du bist kein Tannenbaum wie ich,
drum ruh dich aus, ich bitte dich,
und leg dich etwas nieder."

Das ließ sich Vater nicht zweimal vorsingen. Als die Kerzen gelöscht waren, fiel er samt dem Stern erschöpft ins Bett. In der Nacht schreckte er mehrmals mit einem Schrei aus dem Schlaf. „Christmensch", rief er, „ich bin der schönste Christmensch weit und breit!" Und niemand widersprach ihm.

Das Christkind im Bergwald

In der Dämmerung am Nachmittag des Heiligen Abends flog das Christkind wie in jedem Jahr von Haus zu Haus und legte unter die Christbäume der braven Kinder heimlich alle die schönen Gaben, die sich diese gewünscht hatten. Dabei halfen ihm die vielen Weihnachtsenglein, denn am Heiligen Abend musste auch das letzte Päckchen seinen Platz gefunden haben. Als alle Arbeit getan war, sprach das Christkind zu seinen geflügelten Begleitern: „So, ihr fliegt nun wieder hübsch ordentlich in den Himmel zurück. Ich selbst aber bleibe noch ein Weilchen hier, um nachzuprüfen, ob die Kinder meine Geschenke auch verdienen."

Rasch vertauschte das Christkind nun sein Silberkleid mit einem unscheinbaren Röckchen und legte auch den goldenen Strahlenkranz beiseite. Als armes Bettelkind trat es jetzt seine Wanderung an.

Bescheiden klopfte es beim ersten Wohnhaus an die Türe und bat um ein dürftiges Plätzchen in dieser eisigen Frostnacht. Zornig rief da der Bauer: „Nicht einmal heute hat man Ruh vor diesem Bettelvolk", und er wies das arme Kind schroff von seiner Türe. Da horchte es am Fenster, ob nicht vielleicht die Kinder den Vater noch umstimmen würden. Doch die tollten lärmend um den Christbaum und dachten nicht an fremde Not.

Da ging das Christkind betrübt zum nächsten Haus. „Stille Nacht, heilige Nacht" klang es ihm schon von weitem entgegen. „Da werde ich sicher brave Kinder finden", sagte es zu sich selbst. Leise öffnete es einen Spalt im Fensterladen. Mit hochroten Backen standen die Kleinen und Großen um den leuchtenden Tannenbaum und ließen sich soeben die süßen Leckerleien des Christkinds schmecken. Als dieses leise seine Bitte vorbrachte, ver-

steckte Hänschen sein Lebkuchenherz rasch hinter dem Rücken und Lieschen schaute erschrocken auf das fremde Kind und fürchtete, mit ihm womöglich teilen zu müssen. Auf einen Wink der Mutter suchte es schließlich aus seinem Teller doch noch nach einer Gabe und reichte ihm ein angebranntes Plätzchen. Da senkte das Christkind traurig sein Köpfchen und wanderte weiter.
Endlich kam es an ein stattliches Haus. Es gehörte dem Bürgermeister. „Hier haben die Leute alles im Überfluss", dachte das Christkind, „sie werden mich gewiss beherbergen." Auf sein schüchternes Pochen öffnete eine dicke Magd und sagte kurz: „Heute wird niemand vorgelassen, der Herr feiert mit seiner Familie gerade Weihnachten." Von drinnen ertönte eine raue Stimme: „Mach endlich die Türe zu, es zieht so eiskalt herein!" Da schloss die Magd das Tor und ließ das Christkind alleine in der Kälte stehen. Der Hofhund, der das sah, kroch winselnd aus seiner Hütte, denn er erkannte das Christkind, und er wollte dem armen Gast seine Unterkunft anbieten. Das Christkind streichelte ihn und lehnte das Angebot ab, denn der Hund sollte seinetwegen nicht frieren müssen.
Traurig schlich es weiter und wollte nichts mehr von den mitleidslosen Menschenkindern wissen. Frierend und verlassen schritt es dem Bergwald zu und tief sanken seine Füße in den frischen Schnee. Auf einmal hallten Glockentöne durch die stille Winternacht und erinnerten die Christen an das Weihnachtswunder im Stall zu Bethlehem. Heiß rollten jetzt dem armen Christkind die Tränen über die Wangen und netzten den glitzernden Schnee. Todmüde suchte es nun im Wald nach einem Ruheplätzchen. Da fassten sich die Moospflänzchen an den Händen und flüsterten: „Lasst uns aneinander schmiegen und für das arme Christkind ein weiches Stühlchen bauen." Das Häschen legte sich davor, damit es die Füße in das dicke Fell vergraben konnte, und das Reh bedeckte

seine kalten Hände. Der Fuchs rollte seinen buschigen Schwanz zusammen und legte ihn dem Christkind als Kissen unter das Köpfchen. Das Eichhörnchen brachte aus seinem Winterlager runde Nüsse und trieb zum Zeitvertreib die tollsten Späße. Selbst die Spinne wachte aus ihrem Winterschlaf auf und wollte rasch ein Mäntelchen von feiner Seide weben.
Da trocknete das Christkind die Tränen und freute sich über die Liebe der Tiere, die sie bei den Menschen vergeblich zu finden gehofft hatte. Und noch in dieser Nacht geschah das Wunder. Die Tiere konnten plötzlich wie Menschen sprechen und das können sie in der Heiligen Nacht, so erzählt man sich, heute noch immer. Die Menschen, die ihnen zuhören, erinnern sie daran, dass sie zu armen Leuten barmherzig sein sollen und dies nicht nur zur Weihnachtszeit, sondern das ganze Jahr über. Denn in jedem der Armen ist das Christkind verborgen, das auf Liebe hofft.

Nach einem alten Märchen, um 1900,
nacherzählt von Alfons Schweiggert

Der winzige Christbaum

Es war einmal ein winziger Tannenbaum. Der war so klein wie ein Streichholz, nicht größer. Er hatte überhaupt keine Aussichten, ein Christbaum zu werden. Alle großen Leute wollten nämlich große Bäume, einen Meter fünfzig bis zwei Meter groß, und keinen zündholzkleinen Tannenbaum.

So stand nun die winzige Tanne auf dem Christbaummarkt und wartete und wartete. Der Heilige Abend kam immer näher. Alle großen Tannen um sie herum waren schon verkauft. Der Weihnachtsbaumverkäufer kehrte bereits alle abgebrochenen Zweige und Äste zusammen, um sie in den Abfalleimer zu werfen.

Gerade wollte er auch den Tannenwinzling aufkehren. Da – sirrrrrr – zischte ein glühwürmchengroßes Englein vorbei, packte den kleinen Baum am Wipfel und – hui – war es mit ihm schon auf und davon.

Der funkengroße Engel flog von Haus zu Haus und blickte in die Zimmer, in denen schon überall prachtvoll aufgeputzt die großen Christbäume standen. Nach einiger Zeit flog er an einem dunklen Fenster vorbei. Als er genauer hineinblickte, sah er eine alte, kleine Frau am Tisch sitzen. Eine winzige Kerze brannte vor ihr. Dahinter stand eine winzige Krippe, geschnitzt aus Zündhölzern. Leise flog der Engel durchs Schlüsselloch ins Zimmer und stellte den streichholzgroßen Tannenbaum neben die Streichholzkrippe.

Die Frau erschrak, als sie den Engel sah. Der aber sagte: „Fürchte dich nicht. Ich bringe dir nur diesen Christbaum.“ Dann sang er ein fröhliches Weihnachtslied, funkte dreimal hell auf und flog durch das Schlüsselloch davon.

„So etwas“, murmelte die alte Frau, „das war die größte Weihnachtsüberraschung in meinem Leben.“ Und zärtlich strich sie dem winzigen Tannenbaum über seine winzigen Zweige.

Das Märchen von der Prinzessin, die schon alles hatte

Im Schloss Nymphenburg lebte einmal eine kleine Prinzessin, die hatte alles, was ein Kind sich nur wünschen kann. Sie besaß eine Stube voll schöner Puppen und jede Puppe hatte eine ganze Stube voll winziger Puppen und jede Puppe hatte einen eigenen Kinderwagen. Und ihr gehörten zwei weiße Täubchen und ein grüner Kakadu. Und sie hatte auch eine Eisenbahn, die konnte von selber fahren, wenn man sie mit Spiritus heizte. Und in ihrem riesigen Zimmer stand ein großer Schrank voll herrlicher Bilderbücher; und dann hatte sie noch – nein, ich kann wirklich nicht alles aufzählen, was die Prinzessin noch besaß, denn das würde wohl hundert Seiten füllen.

Kein Wunder, dass das Christkind in großer Verlegenheit war, als das Weihnachtsfest vor der Tür stand. Es wusste nicht, was es der kleinen Prinzessin, die schon alles hatte, diesmal bringen sollte. Das Christkind saß droben im Paradiese mitten unter der Schar der kleinen Engel, die noch geschäftig an den letzten Spielsachen arbeiteten und sah recht sorgenvoll aus. „Was schenk ich nur der kleinen Prinzessin, die schon alles hat", seufzte es und schüttelte ratlos den Lockenkopf.

Da kamen die Engel herbei und rieten ihr dies und das.

Eines schlug vor: „Schenk ihr doch einfach ein Automobil, das ganz alleine in der Stube herumfährt, das ist in diesem Jahr das Allerneueste!" Aber das Christkind schüttelte den Kopf.

Ein anderes meinte: „Schenk ihr ein weißes Kaninchen mit drei Ohren, das ist etwas ganz Ungewöhnliches. So etwas hat die Prinzessin bestimmt noch nicht." Aber das Christkind schüttelte abermals den Kopf, denn so etwas Seltsames gefiel ihm schon gar nicht. „Wir wollen ihr eine Puppe machen", sagte ein drittes Engelchen, „die nicht bloß Papa und Mama spricht, sondern eine ganze Geschichte erzählen kann."

Da stand das Christkind auf und ging weg. Die Ratschläge der Engel waren ihm zu einfallslos und deshalb wollte es lieber allein nachdenken. Eine Weile spazierte es nun auf der Milchstraße auf und ab und grübelte nach. Mit einem Mal schien ihm etwas sehr Schönes eingefallen zu sein, denn das Gesicht hellte sich auf und es sah strahlend und glücklich aus.

Drunten im Schloss Nymphenburg stand die Prinzessin, die schon alles hatte, vor dem Spiegel und setzte sich soeben das Pelzmützchen auf. Die alte Hofmeisterin wartete schon an der Tür, denn sie wollte mit der Prinzessin wie alle Jahre am Weihnachtsnachmittag auf den Münchner Christkindlmarkt gehen. Es machte der Prinzessin, die schon alles hatte, Spaß, durch die Budenreihen zu schlendern, wo es so fröhlich zuging und alles buntscheckig aussah, wo es flimmerte und glitzerte von Silbersternen und Glaskugeln, wo Puppen in geblümten Kattunkleidern lagen und sich andere schöne Spielsachen auf den Tischen stapelten, und wo sich die Kinder drängten und eines ums andere rief: „Ach, das möchte ich haben! Und dies! Und das auch!" Nur die Prinzessin rief nie: „Ach, das möchte ich haben!" Sie war eben die Prinzessin, die schon alles hatte, und deshalb ging sie wunschlos und ein wenig traurig durch das Gewimmel hindurch.

An einer Straßenecke standen zwei Kinder. Das größere Mädchen hielt in seinen blau gefrorenen, steifen Fingern einen Korb mit selbstgebastelten Christbaumsternen und mit bunten Papierketten, die es den Vorübereilenden schüchtern anbot. Der kleine Bub neben ihr hielt sich an den Falten ihres dünnen Röckchens fest, als hätte er Angst, in dem Gewühl verloren zu gehen. Immer wieder

stampfte er in seinen viel zu großen zerrissenen Schuhen von einem Bein aufs andere, um sich warm zu machen.
Als die Prinzessin, die schon alles hatte, herankam, hielt ihr das Mädchen den Korb hin, zog ihn aber gleich wieder stumm zurück, da sie diesen vornehmen Damen doch nicht den einfachen Schmuck anbieten konnte.
Die Prinzessin, die schon alles hatte, blieb aber vor den beiden stehen. Sie schaute in den Korb, aber mehr noch in die Gesichter der beiden Kinder. Etwas Merkwürdiges lag auf ihnen, was sie noch nie gesehen hatte. Nein, das waren gar keine Kindergesichter, kleine, alte Sorgengesichter waren das: Augen, die ernst und freudlos ins Leben schauten, ein Mund, der sich stumm über unerfüllbaren Wünschen schloss und der ganze Ausdruck so hilflos und so traurig müde. Ob diese Kinder wohl lachen können, fragte sich die Prinzessin, die alles hatte, und nachdenklich blickte sie auf die beiden, die schüchtern zu Boden schauten.
Da – plötzlich blühte in ihrem Herzen, das nie etwas wünschte, leise ein Gedanke auf, und er wuchs und gedieh zu einem heißen, innigen Wunsch. Sie wünschte sich, diese kleinen, stillen Sorgenleutchen beim Schopf zu nehmen und sie umzuwandeln in echte, wirkliche Kinder, in Kinder, die lachen können und singen und unbändig sein, die springen und hüpfen und Purzelbäume schlagen und richtige Dummheiten machen können.
„Ach, das wünsch ich mir, das möchte ich haben", seufzte die kleine Prinzessin, die schon alles hatte, und mit leuchtenden Augen blickte sie zur alten Hofmeisterin hoch, die ihr lächelnd zunickte.
„Wie heißt ihr und wo wohnt ihr", fragte die Prinzessin, die schon alles hatte, und streichelte das blasse Gesicht des Buben. Das Mädchen gab verschämt Auskunft und die Hofmeisterin notierte alles auf. „Geht jetzt heim", sagte die Prinzessin, „denn bald wird das Christkind zu euch kommen." Ungläubig blickten die Kinder auf

die beiden Damen und mit zögernden Schritten, sich immer wieder umblickend, machten sie sich auf den Heimweg.
Jetzt wurde die Prinzessin, die schon alles hatte, auf einmal ungeheuer geschäftig. Die alte Hofmeisterin, die im linken Bein der Rheumatismus plagte, konnte den flinken Schritten des Mädchens kaum folgen. Aber sie musste mit, die Straße hinauf und die Gasse hinab in wohl fünfzig Läden. Und die Prinzessin, die schon alles hatte, kaufte Kleider und Hemden und Hosen und Schuhe und Strümpfe; und sie besorgte Bücher und Spiele und sie ließ sich einen saftigen Gänsebraten und einen noch viel größeren leckeren Christstollen einpacken. Und dann kaufte sie noch Äpfel und Nüsse und einen wunderschönen Christbaum. Und die arme alte Hofdame musste ihr überall raten und aussuchen helfen, denn die Prinzessin, die schon alles hatte, fand sich alleine nicht zurecht.
Schließlich schleppten die beiden so viele Pakete, wie noch nie in ihrem Leben und zu guter Letzt mussten sie noch einen Dienstmann nehmen, der ihnen bei der mühsamen Arbeit behilflich war. Dann ging es vier Treppen hoch hinauf in ein armseliges Dachstübchen zu den Sorgenleuten, denen vor Staunen der Mund offen stehen blieb.
Es war schon sehr spät, als die Prinzessin, die schon alles hatte, mit der guten alten Hofmeisterin ins Schloss Nymphenburg zurückkam, wo der König und die Königin bereits mit der Bescherung warteten. Sie führten die Prinzessin an den Tisch, auf dem ihre Geschenke lagen und auf dem es von kostbaren Sachen nur so funkelte. Die Prinzessin, die schon alles hatte, blickte darüber hin. Vor ihren Augen stand das Bild, das sie vor kurzem sehen

durfte, dort oben vier Treppen hoch in einem armseligen Münchner Dachstübchen. In ihren Ohren tönte noch das helle Hü und Hott, mit dem der kleine Bub das neue Pferdchen antrieb, hallte das fröhliche Lachen des Mädels, als es die Puppe im Arm wiegte, klang das glückliche Schluchzen der Mutter. Und die Prinzessin, die schon alles hatte, sah so strahlend aus, dass die Königin ihren Mann anstieß und ihm zuflüsterte: „Ich glaube, dieses Mal haben wir die Wünsche unsere kleinen Tochter richtig erraten!"
Ganz müde, von der vielen, vielen Arbeit, kam das Christkind spät abends in den Himmel zurück.
„Nun", bestürmten sie die Engel gleich mit Fragen, „was war nun mit der Prinzessin, die schon alles hat? – Hast du ihr die Puppe gebracht, die eine ganze Geschichte erzählen kann? – Hast du ihr das weiße Kaninchen mit den drei Ohren geschenkt?"
„Diesmal", sagte das Christkind, „diesmal habe ihr etwas gebracht, was sie noch nicht hatte", und lächelnd und ließ es sich nieder auf den Stufen vor Gottes Thron.

Nach einem alten Märchen, um 1900,
nacherzählt von Alfons Schweiggert

Was die Tiere in der Heiligen Nacht miteinander sprachen

Wie überall auf der Welt trafen sich in der Heiligen Nacht auch im Bayerischen Wald die Tiere. Und sie freuten sich, dass damals vor 2000 Jahren im Stall von Bethlehem auch Kollegen von ihnen dabei sein durften: der Ochs und der Esel an der Krippe, die Tauben auf dem Dach, die Schafe, die von Hirten auf dem Feld nahe beim Stall gehütet wurden und Pferde und Kamele, mit denen die Drei Könige gekommen waren.

„Was ist an Weihnachten eigentlich das Wichtigste?" fragte da plötzlich der Marder.

„Also für mich ist das ein saftiger Gänsebraten", erklärte der Fuchs, „was wäre denn Weihnachten ohne Gänsebraten?"

„Schnee", fiel ihm da der Schneehase ins Wort, „viel Schnee! Es gibt nichts Schöneres als Weiße Weihnachten."

„Ich brauche unbedingt einen Tannenbaum", seufzte das Reh, „sonst kann ich das Weihnachtsfest einfach nicht richtig feiern."

„Aber unbedingt mit vielen Kerzen", schwärmte der Uhu, „sie verbreiten ein so schummriges und gemütliches Licht. Das gibt Stimmung, und Stimmung ist für mich die Hauptsache."

„Ich wünsche mir ein prächtiges neues Kleid", forderte der Pfau, „wenn ich kein neues Kleid bekomme, dann ist für mich Weihnachten auch kein Weihnachten."

„Und dazu wertvollen glitzernden Schmuck!" krächzte die Elster. „Bisher habe ich an jedem Weihnachtsfest ein schönes Stück bekommen, einen Ring, ein Armband, eine Brosche oder eine Kette. Ein tolles Geschenk, das ist für mich das Allerschönste an Weihnachten."

„Für mich", gähnte der Dachs, „heißt Weihnachten: pennen, pennen und nochmals pennen. Nichts geht doch über Ruhe in einer warmen Höhle und schlafen, schlafen, schlafen! Schließlich ist Weihnachten doch das Fest der Ruhe und Stille."

„Aber eines dürft ihr nicht vergessen, einen leckeren Stollen", brummte der Bär, „Plätzchen und Stollen sind doch die Hauptsache. Wenn es keine süßen Sachen gibt, verzichte ich auf Weihnachten."

„Und saufen", ergänzte der Ochse, „mal richtig nach Herzenslust saufen."

„Au!", brüllte er plötzlich, denn der Esel hatte ihm einen heftigen Tritt versetzt: „Alter Ochse", schimpfte der Esel, „denkst du denn gar nicht an das Kind?" Beschämt senkten da der Ochse und nacheinander auch die anderen Tiere den Kopf.

„Na klar, das Kind", murmelte das Eichhörnchen verlegen, „natürlich ist das Kind die Hauptsache ... Aber", fügte es nach einer kleinen Pause nachdenklich hinzu, „wissen das denn eigentlich auch die Menschen?"

Geburt eines Weihnachtsliedes – Ein wahres Märchen

Märchen können auch wahr sein, so wie das folgende, das sich vor mehr als 200 Jahren ereignete.

Da spazierte am 23. Dezember 1816 ein blasser Mann auf den Straßen der Stadt Weimar. Er hieß Johannes Daniel Falk und war ein Beamter. Obwohl es einen Tag vor Heiligabend war, war er gar nicht fröhlich, weil ihn große Sorgen bedrückten. Die Besetzung Weimars durch die Franzosen und die späteren Befreiungskriege hatten viel Not und Elend über die Bevölkerung gebracht. Auch Falk war davon betroffen. Vor drei Jahren hatte 1813 der Tod viermal sein Haus heimgesucht und immer ein Kinderleben mit sich genommen. Als im Frühjahr die großen Truppen durch die Stadt zogen, war von seinen sieben Kindern sein jüngster Sohn gestorben. Dann, nach der großen Völkerschlacht bei Leipzig, war die Scharlachseuche im Land ausgebrochen und hatte drei weitere seiner Kinder hinweggerafft. Im Haus von Johannes Falk war das Kinderlachen verstummt. Nur zwei Kinder waren ihm noch geblieben. „Was dann“, fragte Falk bedrückt, „wenn Gott auch diese beiden noch von dir fordert?“ Von Sorge überwältigt erkrankte er an einem heftigen Nervenfieber. Es dauerte Wochen, bis er wieder gesund wurde. Doch seine Seele war krank geblieben.

Eines Tages klopften Bettelkinder an seine Tür, die ihre Angehörigen in den Kriegswirren verloren hatten. Falk schenkte ihnen die Kleider seiner verstorbenen Kinder und gab ihnen ein wenig von dem Brot ab, das er im Hause hatte. Als die Bettelkinder weiterzogen, spürte er jedoch mit einem Mal, dass Gott mehr von ihm erwartete als nur ein wenig Almosen. Soll er, ein Vater, der nachts um seine toten Kinder weinte, nicht, anstatt zu klagen, besser fremden Kindern ein Vater sein und ihnen eine zufriedene Kindheit ermöglichen.

Er erinnerte sich an seine eigene Kindheit und Jugend. Als Sohn eines Perückenmachers hatte er es zwar auch nicht leicht gehabt, aber er durfte aufgrund seiner Begabung das Gymnasium besuchen und anschließend studieren. Er ging als Schriftsteller nach Weimar, wo er als Sekretär und Legationsrat den Unterhalt für seine Familie verdiente. Dann war das Unglück über ihn hereingebrochen und die Trauer um seine vier toten Kinder und die Armut überall hatten ihn zu Boden gedrückt, bis er spürte, dass Gott von ihm mehr erwartete als nur ein wenig Almosen an Bettelkinder. Deshalb gründete er die „Gesellschaft der Freunde in der Not“ und nahm zusammen mit seiner Frau zahlreiche Waisenkinder auf oder brachte sie bei Handwerkerfamilien unter. Er sorgte nicht nur für das leibliche Wohl der Kinder, sondern wollte sie auch zu tüchtigen Menschen erziehen.

Während Johannes Falk im Park am 23. Dezember 1816 vor sich hinschlenderte, dachte er an all das, was geschehen war. Da hörte er plötzlich ein fröhliches Pfeifen. Ein französischer Gefangener kam des Weges. Lustig pfiff der Mann eine Melodie vor sich hin. Als er näher kam, grüßte er mit lachendem Gesicht: „Bon jour, Monsieur.“ Falk fragte ihn nach dem Lied, das er eben gepfiffen habe. „O la, la“, sagte der Fremde lachend. „Das ist das sizilianische Volkslied ‚O sanctissima, o piissima, dulcis virgo Maria‘. Die Mädchen singen es gern abends am Strand, und die Fischer pfeifen es beim Säubern der Netze.“ Dann ging er seines Weges. Dabei pfiff er die Melodie weiter vor sich hin.

Falk sah ihm nach. „Was bin ich doch für ein schwermütiger Tropf“, murmelte er. „Da lebt dieser Franzose den mühseligen Alltag eines Kriegsgefangenen und pfeift doch ein frohes Lied!“

Nachdenklich ging Falk nach Hause, doch die eben gehörte Melodie ließ ihn nicht mehr los. Und während er so dahin ging, kamen ihm ein paar schlichte Verse in den Sinn, die auf die Melodie passten. Es entstand ein Text, der so gar nicht zu seiner Trauer passte:

O du fröhliche, o du selige,
Gnadenbringende Weihnachtszeit!
Welt ging verloren, Christ ist geboren:
Freue, freue dich, o Christenheit!

Ja, die Welt ging verloren, aber es ist doch das Christkind geboren, dachte sich Falk und zum ersten Vers kam jetzt ein zweiter:

... Christ ist erschienen,
Uns zu versühnen ...
Und dann folgte der dritte Vers:
... Jauchzen dir Ehre ...
Himmlische Heere

Als Falk daheim ankam, rief er seiner Frau und den Kindern zu: „Mutter, Kinder, Gott hat mir heute draußen einen französischen Weihnachtsengel gesandt. Der hat mir etwas gegeben, das mich wieder froh gemacht hat." Und schon sang er ihnen das Lied vor. Als er geendet hatte, sagte seine Frau: „Siehst du, Johannes, Gott lebt! Und er hat dir dieses wunderbare Lied geschenkt." Falks Pflegekinder und die Nachbarn sorgten dafür, dass sich dieses Lied im Lauf der Zeit immer weiter verbreitete und bald kannte jedes Kind die drei Strophen dieses wunderbaren Weihnachtliedes:

O du fröhliche, o du selige,
gnadenbringende Weihnachtszeit!
Welt ging verloren, Christ ist geboren:
Freue, freue dich, o Christenheit!

O du fröhliche, o du selige,
gnadenbringende Weihnachtszeit!
Christ ist erschienen, uns zu versühnen:
Freue, freue dich, o Christenheit!

O du fröhliche, o du selige,
gnadenbringende Weihnachtszeit!
Himmlische Heere jauchzen Dir Ehre:
Freue, freue dich, o Christenheit!

Johannes Falk lebte noch zehn Jahre. Auch diese Jahre wurden schwer, denn sein letzter Sohn starb mit 19 Jahren und drei Jahre später nahm ihm der Tod auch noch seine Tochter. Doch jedes Jahr zur Weihnachtszeit erklang sein Lied des schweren, trauervollen Jahres 1816: „O du fröhliche, o du selige, gnadenbringende Weihnachtszeit!" und gab ihm immer wieder neuen Mut. Noch heute drückt dieses Weihnachtslied die tiefe Sehnsucht der Menschen nach Frieden auf Erden in einer unheilen und zerrissenen Welt aus, die es leider immer noch gibt.

Das geheimnisvolle Päckchen

Es gab da einmal einen Mann, der zeit seines Lebens an jedem Weihnachtsfest immer Geschenke bekommen hatte, teure, einfallsreiche, große, lustige, zierliche Geschenke von Eltern, Verwandten, von Bekannten und Freunden, später von seiner Frau und seinen Kindern, immer am Heiligen Abend. Da lagen schön verpackte Gabenpäckchen unter dem Christbaum, so wie es der Brauch war.

Und der Mann freute sich jedes Mal, packte sie aus, strahlte über das Gesicht und bedankte sich und jedes Jahr war der Mann um ein Jahr älter geworden, und er wurde mit der Zeit nachdenklicher. Als die Kinder aus dem Haus waren und seine Frau gestorben war, war der Mann allein und er sagte eines Tages all den Leuten, die ihn Weihnachten immer noch beschenkten, dass er das nicht mehr wolle. Sie sollten es ihm nicht übel nehmen. „Ich möchte Weihnachten einmal ohne Geschenke verleben“, sagte er, und seine Freunde und Bekannten waren deshalb nicht böse.

Als der Heilige Abend kam, wurde dem Mann kein Geschenk gebracht. Er hatte auch keinen Christbaum aufgestellt. Es wurde dunkel, und der Tisch war leer. Da zündete der Mann eine Kerze an und ging aus dem Zimmer in die Küche, um sich heißen Tee zu holen. Als er zurückkam, lag neben der Kerze ein kleines Päckchen, schön verpackt. Der Mann erschrak. Er war zu alt, um noch an das Christkind zu glauben, und er wusste, dass niemand im Zimmer gewesen sein konnte. Deshalb erschrak der Mann. Zögernd setzte er sich an den Tisch, trank den Tee, fasste aber das Päckchen nicht an. Er dachte nach, wie das

Geschenk an diese Stelle kommen konnte. Er grübelte, von wem es stammen könnte. Er überlegte, was in ihm enthalten sei. Die Stunden vergingen schnell. Dann war der Mann müde. Er löschte die Kerze und ging zu Bett. Das Päckchen ließ er unberührt auf dem Tisch liegen.

Am nächsten Morgen lag das Geschenk noch immer da. Der Mann nahm es und legte es ungeöffnet in den Schrank. Dort ließ er es das ganze Jahr über liegen.

Am nächsten Heiligen Abend, als es zu dämmern begann, ging er zum Schrank, entnahm ihm das Päckchen, legte es auf den Tisch neben die brennende Kerze, trank Tee, dachte nach, wie …, grübelte, von wem …, überlegte, was …, wurde darüber müde und ging schlafen, nachdem er die Kerze gelöscht hatte.

So verlief nun jeder Heilige Abend, nur hatte sich der Mann inzwischen an das Päckchen gewöhnt, er freute sich geradezu darauf, es auf den Tisch zu legen, neben die brennende Kerze. Er dachte, grübelte, überlegte nicht mehr nur, er begann jetzt zu träumen. Er erzählte sich lange Geschichten, wie das Geschenk auf diesen Platz gekommen war. Er erinnerte sich an alle lieben Menschen, von denen es ihm gebracht worden sein könnte, und er malte sich in den schönsten Farben aus, welch einfallsreiches Geschenk darin verborgen sei. Auf diese Weise wurde jeder folgende Heilige Abend noch kurzweiliger als der vorausgegangene. Und der Mann wurde immer später müde und schlief manchmal auch am Tisch ein, wobei er einmal sogar vergaß, die Kerze zu löschen, die deshalb bis zum Morgen brannte.

Dann war der Mann alt. Er wurde krank und starb. Entfernte Verwandte, die den Nachlass auflösten, fanden im Schrank auch das Päckchen. Sie rissen die Verpackung auf und öffneten es hastig. Da es nichts enthielt, warfen sie es kopfschüttelnd in den Papierkorb.

Was der Peperl dem Christkind schenkte

Es war Nacht geworden in der Stadt München, so weit man bei so einer großen Stadt von Nachtwerden überhaupt reden konnte. Eigentlich war es so hell wie am Tage. Die elektrischen Bogenlampen flammten überall und die prächtigen Auslagenfenster warfen ihren Schein bis in die Straßenmitte. Sie waren strahlender als gewöhnlich, denn in jeder Auslage stand ein Tannenbaum mit vielen brennenden Lichtern. Wer sich Mühe gab, konnte etliche solcher Tannenbäume auch durch die Gardinen der Privatwohnungen schimmern sehen. Aber die wenigsten hatten dazu Zeit. Man schob und drängte sich auf den Bürgersteigen, und jeder hatte Eile, heimzukommen. Viele schleppten Pakete unter dem Arm, und in allen Gesichtern stand die Erwartung auf das kommende Fest geschrieben.

Draußen in einer Vorstadt, wo es ziemlich dunkel und einsam war, gingen ein Mann und ein etwa neunjähriger Bub. Sie waren beide ziemlich ärmlich gekleidet. Das Kind trug keine Mütze auf dem Kopf und zitterte in seiner dünnen Joppe vor Kälte. Der Mann hielt die frostblaue Kinderhand fest in seiner.

„So spät darfst fei nimmer draußn rumstreunen, hörst Peperl“, sagte er mahnend.

„Wo ist denn die Großmutter?“

„Die hat grad der Frau Hausmeister ein bisserl ausgeholfen.“

„Und 's Katherl?"
„Die so so müd gewesen, da hab ich sie ins Bett gelegt, bevor ich weggegangen bin, um ... um ein wenig die Schaufenster anzuschaun."
Der kleine Bub war auf einmal blutrot angelaufen. Aber der Mann bemerkte das nicht, es war ja dunkel und außerdem war er in trübe Gedanken versunken.
„Des machst du mir fei nimmer", sagte er nochmals mit Nachdruck. „Was könnt da nicht alles passiern, wo 's Katherl doch ganz allein daheim ist!" Und seufzend murmelte er: „Wenn Kinder halt keine Mutter mehr haben, dann ist das ein Kreuz! Und gar heut, am Heiligen Abend." Er verstummte. Der Bub aber schaute zum Himmel hinauf, der von Sternen übersät war. „Gelt, Vater", sagte er leise, „da droben ist die Mutter jetzt? Da hat sie's doch gut. Schau nur wie goldig der ganze Himmel glänzt." Der Mann schaute flüchtig hoch. „Das ist die Milchstraß, Peperl", sagte er mit rauer Stimme. „Aber jetzt schaun wir, dass wir ins Haus kommen, du erfrierst ja ganz in dieser Kältn." Und schon schritten sie durch einen dunklen Torweg auf ein großes Hinterhaus zu.
Aber der Mann hatte sich getäuscht. Was da oben am nächtlichen Himmel flirrte und flimmerte, war an diesem Abend nicht die Milchstraße, sondern ein Gewirr von Engelsflügeln, so weit von der Erde entfernt, dass kein Menschenauge mehr als ein zartes Leuchten von ihnen unterscheiden konnte. Und was gleich einem schönen funkelnden Stern in ihrer Mitte stand, das war das Christkind selber. Seine Arbeit war getan und nun flog es mit der ganzen Engelsschar wieder zurück in dem Himmel. Manchmal schauten sie noch zur Erde hinab. Sie lag tief, tief unten, und sie sahen nicht nur die Stadt München, sondern viele Tausende anderer Städte, sahen kleine Dörfer und selbst einzelne Häuser, in denen sich die Menschen alle auf die Heilige Nacht vorbereiteten.

Als sich die heilige Schar der Himmelspforte näherte, voraus das Christkind, wie getragen von einer leuchtenden Wolke silbernen Lichtes, und hinterdrein das Engelsgefolge, tat der heilige Petrus mit einer tiefen Verbeugung die Himmelstür sperrangelweit auf. Und schon jauchzten die seligen Stimmen dem Christkind zum Willkommen zu: „Ehre sei Gott in der Höhe und Frieden den Menschen auf Erden, die eines guten Willens sind!"
Als sich die Schar der Engel beruhigt hatte, sagte Petrus: „Liebes Christkind, es sind heute noch Briefe an dich gekommen." Bei diesen Worten holte er aus einem Wolkenfach eine dicke, abgenützte Ledermappe. „Lauter verspätete Wunschzettel", brummte er unwillig, und dann las er einen nach dem anderen dem Christkind vor. Und das waren keineswegs schöne Briefe.
Da schrieb zum Beispiel ein Bergmaier Maxl, sein Schaukelpferd müsse unbedingt ein echtes Fell haben. Sonst wolle er lieber gleich gar nichts bekommen. Eine Dotterweich Kuni erklärte, sie wäre ganz unglücklich, wenn die Puppenküche nicht mindestens doppelt so groß ausfiele wie jene, die sich die Müller Leni im Rückgebäude beim Christkind bestellt habe. Eine Eberl Centa hatte vergessen, dem Christkind zu sagen, dass sie keine gewöhnliche, sondern nur eine ganz echte Künstlerpuppe haben wolle, ihre Eltern könnten die schon bezahlen. Und ein Kantner Fritzl erinnerte daran, dass die gewünschte Tüte Marzipan ja nicht zu klein ausfallen und nur vom Bäcker Seidl sein dürfe. In dieser Weise waren alle Wunschzettel, an die dreißig Stück und allesamt äußerst unerfreulich und fordernd.
Der Heilige Petrus bekam bereits beim zweiten Brief einen feuerroten Kopf und knurrte erbost: „Jetzt sieh mal an, solche unverschämten Kinder, da hört sich ja die ganze himmlische Gemütlichkeit auf." Und das Christkind wurde bei jedem Brief trauriger und bekam nach dem letzten Brief ganz feuchte Augen.

„So sind die Erdenkinder heutzutage“, sagte es betrübt, „nie sind sie zufrieden. Immer schielen sie auf den Teller des andern, wenn ich den ihren auch noch so reichlich gefüllt habe. Und wenn all ihre Wünsche erfüllt worden sind, überlegen sie, was sie sich eigentlich noch hätten wünschen sollen. Sie singen mir zu Ehren schöne Lieder und nennen mich liebes Christkind, aber ist auch nur ein einziges unter ihnen, das auch mir zuliebe etwas tut? Ein einziges Kind, das nicht nur etwas von mir will, sondern im Gegenteil mir irgendetwas schenkt?“

Im selben Augenblick hörte man vor der Himmelstür lauten Lärm. Petrus sah nach und da erblickte er ein Englein, das sich wohl verspätet hatte, mit einem Paket in Händen. „Her mit dem Paket“, rief Petrus. „Lass mich“, weigert sich der kleine Engel, „ich muss zum Christkind!“ Und schon schlüpfte es an Petrus vorbei und rannte auf das Christkind zu. „Hier das Packerl ist für dich“, rief es. Der heilige Petrus belferte grimmig: „Das wäre ja das Allerneueste. So lange ausbleiben und auch noch frech werden! Wo bist du denn so lang gewesen?“

„Ja mei“, verteidigte sich jetzt das Englein, „ich hab so lange warten müssen, bis der Peperl mit seinem Paket fertig gewesen ist. Ich hab mir fast die Füße weggefrorn vor lauter Warten, und jetzt bekomm ich auch noch geschimpft.“

„Ja, gehört denn dieses Paket wirklich in den Himmel“, wunderte sich Petrus. „Na freilich“, rief das Englein, „wo es doch an das Christkind adressiert ist.“ Petrus setzte seinen Kneifer auf und las: „Richtig, da steht es: An das libe Kristkint im Himel.“ Da staunten die Heiligen und alle Flügelbuben, lag dort doch ein richtiges, echtes Paket aus dem Erdenland und passte in seiner Armseligkeit recht schlecht in den glänzenden Himmelssaal. Die Hülle aus braunem zerknittertem Packpapier war mit einer dicken, mehrfach geknoteten Schnur notdürftig zusammengehalten.

Das Christkind hatte verwundert alles mitangehört, dann bat es den Heiligen Petrus: „Mach es bitte auf." Petrus riss sofort die Hülle weg, darunter kam Zeitungspapier zum Vorschein, und ehe er sich's versah, fiel die ganze Herrlichkeit auseinander. Zum Vorschein kamen: eine gestrickte, dunkelblaue Knabenjacke, eine ebensolche Mütze mit einer wunderschönen, roten Troddel daran, ein dick mit Mandeln gespickter Lebkuchen, von dem mit spitzen Zähnchen ein winziges Eck weggenagt worden war, und ein großes, mit krakeliger Schrift beschriebenes Blatt Papier.
„Lies den Brief vor", forderte das Christkind Petrus auf. Der begann sofort zu lesen:

Libes Kristkint! Weil ich in der Schuhle beschert bekomen habe und weil unser Herr Relegonslerer gesagt hat, das du das alerermste Kind bist, liebes Kristkint, so schenge ich dir ales, was ich habe, damit du nich mehr so derfriren brauchst. Libes Kristkint bitt schön, der Lebkuchen ist für meine Mutter, sie ist bei dir im Himel und heißt Katti Achtelstätter. Libes Kristkind tu si fei schön grüsen und ich hab nur meine Schwester Kati ein biserl dran beisen lassen. Libes Kristkint und ich tu schon aufs Katterl schauen und auf den Vater und auf die Großmutter. Es krüst dich dausendmal dein liber Achtelstätter Pepi, eusere Landsbergerstrase Numo 165 Rüggebeude 4. St.

Als Petrus mit dem Brief geendet hatte, blieb alles eine ganze Weile still. Das Christkind schaute gerührt im Kreis herum und ein wenig abseits von den anderen entdeckte es einen schönen, schlanken Engel, der, wie es schien, noch nicht lange in die ewige Seligkeit eingegangen war. Während der Brief verlesen wurde, war dieser Engel immer trauriger geworden. Nun rief ihn das Christkind zu sich und reichte ihm das Lebkuchenherz mit dem Biss der kleinen Zähnchen. „Der ist ganz alleine für dich", sagte es lächelnd.

Dann ließ sich das Christkind von Petrus in die gestrickte Jacke helfen und dazu setzte es sich die warme Mütze auf und es sah damit allerliebst aus. Auch die Engelein durften nacheinander die Kleidungsstücke anprobieren und alle hatten dabei riesigen Spaß. Dann ließ das Christkind das Paket mit alle den Sachen, der Jacke, der Mütze und dem Brief, wieder zusammenschnüren und reichte es dem schlanken traurigen Engel. Nachdem es leise mit ihm gesprochen hatte, schwebte der Engel langsam zur Erde nieder, Peperls Paket fest ans Herz gedrückt. Er flog über die Dächer der Städte und Dörfer, bevor er seinen Flug über einer Kirche in München hernieder senkte. Alle Fenster des Gotteshauses waren festlich beleuchtet, denn die Zeit der Christmette nahte. Der Engel legte das Paket neben dem Haupteingang nieder und wartete. Viele Leute strömten in die Kirche. Aber niemand sah das Paket dort liegen, denn der Engel stand davor und machte es unsichtbar, wie er auch selbst es war.
Spät kam dann noch mit mühsamen Schritten eine schwarzgekleidete feine Dame. Ihr Haar war schneeweiß und ihre Augen blickten gütig und freundlich. Jetzt trat der Engel still zur Seite. Als die alte Dame die ersten Stufen hinaufgestiegen war, sah sie mit Verwunderung das Paket neben der Türe liegen. Sie bückte sich und las die krakelige Kinderschrift: „An das liebe Kristkint im Himel.“ Die Frau überlegte kurz, lächelte dann und murmelte: „Das werde ich zu Hause aufmachen.“ Dann klemmte sie das Paket unter den Arm und ging in die Christmette.
Der Engel aber flog nunmehr noch ein Stück weiter. Er glitt jetzt so niedrig dahin, dass sein weißes Kleid fast die Dächer streifte. Bei einem Mansardenfester eines Rückgebäudes machte er Halt. Er hauchte die dick gefrorenen Scheiben an, und da wurden sie durchlässig wie Luft. Lautlos schwebte er in die enge Dachstube hinein. Sie war sehr ärmlich eingerichtet. Auf einer wackeligen

Kommode stand aber doch ein winziges Tannenbäumchen mit ein paar dünnen, bunten Kerzen und billigem Glasschmuck verziert. In einem schmalen Bettchen lagen zwei Kinder, ein neunjähriger Bub und ein dreijähriges Mädchen. Sie lagen dicht aneinander geschmiegt. Über das dünne Federbett waren sorgsam ihre alten Kleidungsstücke gebreitet. Der Engel ließ sich auf dem Bettrand nieder und betrachtete die Kleinen lange mit zärtlichem Blick. Das Mädchen schlief tief und fest. Aber der kleine Bub warf sich unruhig hin und her. Unter seinen Augen lagen dicke, rote Ränder, so, als ob er sich kurz vorher in den Schlaf geweint hätte.

„Peperl", rief der Engel nun ganz leise.

Da öffneten sich die Lider des Kindes und für seine Augen war der Himmelsbote nicht unsichtbar.

„Du bist es, Mutter", flüstert er entgeistert. „Der Vater und die Großmutter sind nicht daheim. Die sind in die Metten gegangen, ich wär so gern auch mit, aber ich als Großer muss doch beim Katherl bleiben. Und jetzt ist es gut, dass ich nicht auch mit bin, wo du doch gekommen bist." Und sehnsüchtig reckte Peperl seine dünnen Arme der lichten Gestalt entgegen, die ihn zärtlich in ihre Arme schloss.

„So viel Zeitlang haben wir nach dir gehabt heut Abend, Mutter. Grad zusammen geweint haben wir alle drei, der Vater, die Großmutter und ich, nur 's Katherl hat bloß geschaut, weißt, die versteht's noch nicht, weil's noch viel zu dumm ist – zum Glück, hat der Vater gsagt. Jetzt bleibst aber wieder da bei uns, gelt?"

Der Engel schüttelte wehmütig das Haupt. „'s Christkindl", sagte er leise, „wartet im Himmel wieder auf mich. Es schickt mich nur, dass ich dir sag, wie sehr es sich über dein Packerl gefreut hat."

„Ist es wirklich angekommen?" rief Peperl ganz atemlos.

„Freilich, und du kannst dir gar nicht vorstell'n, was das im Himmel für eine Freud war."

Da lächelt der Bub glücklich. „Weißt, Mutter, das war gar nicht so einfach. Ich hab's wohl erst zur Großmutter g'sagt, aber die hat gemeint: ‚Dummer Bub, was tut denn 's Christkindl mit dem gestrickten Zeug?' Da hab ich mein Packerl ganz verstohlen zum Haus naus schaffen müssen. Auf der Post haben s' mich nachher gehänselt. D'Hausnummer fehlt, haben s' gsagt, und lauter so Sachen. Und ob ich auch ein Geld hätt, weil's viel kost, da es ja nimmer im Bayerischen wär. Da hab ich geweint und gesagt, kein Geld hätt ich nicht. Aber du bist beim Christkindl, weil du vor vier Wochen gestorben bist, und du tätst das Paket dann schon zahln. Da haben s' auf einmal so gschaut und eine hat g'sagt, ich soll's Paket daheim aufs Fensterbrett legen. Da sieht's Christkind von oben runter, und die eine hat mir dann ein ganzes Markstück geschenkt. Und da ist mir dann plötzlich eingfall'n: In die Kirchn nüber, wenn ich mein Pakerl tragen tät, dort tät es das Christkind ganz bestimmt finden. Aber die Kirchentür is ums Verrecken nicht aufgangen und in der Ruppertuskirche war die Tür auch verschlossen. Da bin ich wie wild in die Stadt einigsaust, weißt, die große Kirchn bei der Wiesn. Die is aber erst recht zu gwesen. Da hab ich mir nimmer zu helfen gwusst und hab mein Packerl halt einfach vor die Kirch'ntür hinglegt und mein Markstückl daneben, wenn's am End doch was kosten tät. Und aufm Heimweg hat mich dann der Vater erwischt und ihm hab ich dann vorgeflunkert, ich hätt nur ein bisserl in die schönen Auslagen der Läden neigschaut. Von dem Packerl hab ich ihm natürlich nix g'sagt."
Der Engel lauschte lächelnd dem hastig aufgeregten Bericht vom Peperl. Als er geendet hatte sagte er: „Siehst, Peperl, bei all dem, was du getan hast, war ungesehen immer ein Engerl neben dir, und als du dein Packerl dann an der Kirchentür abgelegt hast, hat es das Engerl genommen und gleich zum Himmel naufgetragen."

„Ein Engerl", staunte Peperl. „Gell, Mutter, und 's Christkindl friert jetzt nimmer?"
„Gwiß nimmer", bestätigte die Mutter, „so warm ist dein Joperl, sagt's. Aber jetzt musst wieder schlafen, Peperl."
Da legte sich der Bub mit glücklich leuchtenden Augen in seine Kissen zurück. „Aber 's Lebkuchnherz, des war bsonders fein, es hat so gut g'rochen", murmelte er noch. Dann fielen dem Kleinen die Augen zu. Und der Engel küsste die beiden Kinder sacht auf die Stirne, ehe er wieder in seine ewige Heimat zurückflog.

Am Weihnachtsmorgen stand vor dem Haus Landsbergerstr. Nr. 165 ein Automobil. Eine ganze Weile stand es schon da, als der Peperl langsam des Weges kam. Er war in der Weihnachtsmesse gewesen.
Fröstelnd schlich er in seinem dünnen Sonntagskittel einher. Da kam ihm die Frau Hausmeister aufgeregt entgegen und rief ihm zu: „Beeil dich, Peperl, schleun dich, Besuch habt's kriegt und was für einen noblichen. Gleich mit dem Automobil ist er vorg'fahrn. Und nach dir habns gfragt. Wo steckst denn bloß? D' Kirch ist doch schon – Gott weiß wie lang! – aus!"
Freilich war die Kirche schon lange zu Ende, aber der Peperl ist nach der Messe, als alle Leute schon aus der Kirch waren, noch zum Christkindl in der Weihnachtskrippe gegangen und hat es recht herzlich gebeten: „Wenn s' halt nur grad nix merken daheim."
Hatte er doch sein ganzes Christgeschenk in der Stadt vor eine Kirchentür gelegt. „Laß die Großmutter halt nichts davon merken, liebes Christkindl, dass ich alle meine Sachen an dich verschenkt hab, ich bitt dich sehr."

Und da war es ihm, als lächelte das Christkind, so, als wollte es sagen: „Geh nur heim, Perperl, es kommt schon alles in Ordnung."
Doch nun war Besuch gekommen, der nach ihm, dem Peperl, fragte. Bei dem Gedanken daran wurde ihm ganz mulmig. Oben an der Stiegen erwartete ihn schon die Großmutter vor der Gangtüre. Sie verlor kein Wort über seine Joppe und seine Mütze. „Los, los, Peperl, schnäuz dich,", drängte sie, „B'such ist kommen, für dich, ein ganz noblicher", flüsterte sie aufgeregt und zog ihn in die Dachstube.
„Da wär er also, Frau Geheimrat", stellte sie jetzt den verschüchterten Buben vor.
„So so, das ist er also", sagte die weißhaarige Dame. Es war dieselbe, die das Paket „An das libe Kristkint im Himel" vor der Kirchentüre gefunden und mit in die Mette genommen hatte. Jetzt saß sie auf einem der wackeligen Stühle, das Katherl auf dem Schoß. Neben ihr stand ein freundliches blondes Mädchen in Peperls Alter, ihr wie aus dem Gesicht geschnitten. Auf dem Tisch daneben war ein ganzer Weihnachtsmarkt ausgebreitet: Lebkuchen, Äpfel und goldene Nüsse, eine Puppe und ein ganzer Stoß Wäsche für das Katherl und ein großes Märchenbuch für den Peperl dazu. Der aber bemerkte von all dem vorerst nichts. Er blickte nur in ein Paar klare, blaue Augen, die ihn gütig anblickten und in denen ein lächelndes Wissen geschrieben stand. Und als sein fragender Blick zu erkunden suchte: „Liebe Dame, wisst ihr über alles Bescheid? Woher wisst ihr es? Verratet ihr jetzt alles?", da antworteten ihm die freundlichen Augen: „Ja ich weiß alles, das Christkind hat mich einen Blick in seinen Himmel tun lassen. Aber sei ohne Sorge, ich verrate dein Geheimnis schon nicht."
„Peperl, so steh doch nicht da wie ein Stock", mahnte jetzt die Großmutter, „siehst denn nicht, dass dir die Frau Geheimrat die Hand hinstreckt? Ist halt noch ein Dummerle in seinem Alter."

Jetzt erst sah Peperl, was um ihn vorging. Er reichte der alten Dame die Hand und die zog ihn nun ganz nah zu sich heran. „Gib du ihm auch die Hand, Leonie", sagte sie zu dem Mädchen, das neben ihr stand. „Das ist meine Enkelin, Peperl. Ihr werdet bestimmt gute Freunde sein, so hoffe ich wenigstens. Leonie wohnt zwar bei ihren Eltern am Bavariaring, aber sie besucht mich fleißig in Starnberg, wo ich lebe. Und weil sie da so allein ist, wäre sie froh und glücklich, wenn sie euch beide, dich und das Katherl als Spielkameraden hätte. Ihr wollt doch, nicht wahr?"

„Vater, Großmutter", rief da Peperl überrascht, „dürfen wir?" Achselstätter fuhr seinem Buben über das dunkle Haar. Sein herbes, verschlossenen Gesicht begann zu zucken und zu zittern. „Ja, Peperl", sagte er, „bis jetzt hast du und dein Schwesterchen mehr schlechte wie gute Zeiten erlebt. Schön, dass es jetzt einmal anders kommt, auch für mich. Die Frau Geheimrat sucht nämlich einen Hausmeister für ihre Villa in Starnberg. Deshalb ziehen wir alle miteinander dorthin. Das wird freilich etwas anderes sein als das elende Leben wie bisher. 's Katherl und du – ja ganz besonders du, Peperl – ihr sollt etwas Richtiges lernen, wenn ihr größer seid. Es scheinen jetzt bessere Zeiten zu kommen für uns, mein Bub." Und leise fügte er hinzu: „Schad, dass die Mutter nur die schlechten erleben musste."

Peperl blickt seinem Vater in die feuchten Augen und da sah er mit einem Mal wieder seine Mutter am Bettrand sitzen, und wie sich ihre früher so schmerzlichen Züge plötzlich in tiefem Frieden und großer Freude verklärten.

„Vater", sagte er leise, „ich weiß es, die Mutter ist gern beim Christkind." Da lächelte seit langem auch der Vater wieder einmal. Dann blickte Peperl wieder zu der freundlichen Dame. Ob sie ihm alles glauben würde, wenn er ihr einmal die ganze Geschichte, die er erleben durfte, erzählen würde?

So also wendete das Christkind selbst das Schicksal des kleinen Peperl und seiner Familie zum Guten. Und noch ein weiteres kleines Wunder geschah für den Buben ganz allein. Als er später seine Sonntagsjoppe in den Schrank hängen wollte, erstarrte er vor freudigem Schreck. Auf dem obersten Regal, von wo er sie gestern herunter genommen hatte, da lag die blaue gestrickte Jacke und darunter spitzte die rote Troddel der Mütze hervor.
Wenige Wochen nach dem Weihnachtsfest baute Peperl seiner Schwester Kathi in einem großen Garten am Starnberger See einen Schneemann. Die Sonne schien und das blonde Mädchen vom Bavariaring half ihm eifrig bei der Arbeit. Wenn er auch ihren feinen, fremdklingenden Namen Leonie immer noch mit einer Art Scheu aussprach, so waren sie doch schon gute Freunde geworden. Besonders aber fühlte sich Pepperl zur Frau Geheimrat Janssen hingezogen. Ihr hatte er auch schon erzählt, wie seine Mutter in der Christnacht bei ihm war und was sie mit ihm sprach. Seither weiß er, Frau Janssen glaubt ihm die Geschichte Wort für Wort. Oft fliegen deshalb auch seine Augen hinauf zu ihrem Fenster, aus dem sie ihm freundlich zunickt. Und immer, wenn der aufgeweckte Bub bei ihr ist, sieht sie den schönen, stillen Engel hinter ihm stehen und lächeln.

Nach einem Altmünchner Märchen, um 1900,
nacherzählt von Alfons Schweiggert

Was das traurige Schaf angerichtet hat

In der Nacht, als das Christkind im Stall zu Bethlehem zur Welt kam, gingen auch die Hirten zur Krippe. Einer von ihnen hatte ein Schaf dabei. Als das Schaf sah, wie armselig das Christkind auf Stroh gebettet war, lief es weg und zerzauste sich vor Mitgefühl und Trauer seine Wolle.

Das sah eine Eule, die gerade vorbeiflog: „Bruder Schaf, was ist denn geschehen, dass du dir die Wolle raufst?“ – „Ach, das Christkind liegt in einem Stall auf Stroh. Sag, muss ich mir da nicht die Wolle zerzausen?“ – „Dann sollen mir auch die Federn ausfallen!“ Die Eule flog auf eine Pappel und verlor ihr ganzes Federkleid.

Die Pappel fragte sie: „Schwester Eule, was hast du denn mit deinen Federn gemacht?“ – „Ach, das Christkind liegt in einem Stall auf Stroh, Bruder Schaf hat sich die Wolle zerzaust. Ist es da zu viel, wenn ich mein Federkleid verliere?“ „Dann will ich auch meine Blätter abwerfen!“ Und schon ließ die Pappel alle ihre Blätter fallen.

Da kam ein Pferd am Baum vorbei und sah überrascht, dass die Pappel alle Blätter verloren hatte. Es fragte: „He, du! Ich kam schon oft bei dir vorbei, aber immer hattest du Blätter. Warum hast du jetzt keine mehr?“ – „Ach, das Christkind liegt in einem Stall auf Stroh, Bruder Schaf hat sich die Wolle zerzaust, Schwester Eule hat ihr Federkleid verloren. Ist es da zu viel, wenn ich meine Blätter abwerfe?“ – „Dann fahre ich auch sofort aus meiner Haut“, sagte das Pferd und warf seine Haut ab. Ermattet ging es zu einer Quelle, um Wasser zu trinken.

Die Quelle sprach zum Pferd: „Schon oft hast du aus mir Wasser getrunken, aber stets hattest du eine Haut. Warum hast du jetzt

keine mehr?" – „Ach, das Christkind liegt in einem Stall auf Stroh, Bruder Schaf hat sich die Wolle zerzaust, Schwester Eule verlor ihr Federkleid, die Pappel warf ihre Blätter ab. Ist es da zu viel, wenn ich aus der Haut fahre?" – „Nein", sagte das Wasser, „dann will ich auch gleich vertrocknen!" Und schon versiegte die Quelle.
Ein Mädchen, das von seiner Mutter zur Quelle geschickt worden war, um Trinkwasser zu holen, sah, dass das Wasser vertrocknet war. Erschrocken rief es: „Ja so etwas! Ich habe hier doch immer Wasser geholt. Was ist nur geschehen?" Da rief die Quelle: „Ach, das Christkind liegt in einem Stall auf Stroh, Bruder Schaf hat sich die Wolle zerzaust, Schwester Eule verlor ihr Federkleid, die Pappel warf ihre Blätter ab, das Pferd fuhr aus seiner Haut. Ist es da zu viel, wenn ich vertrockne?" – „Dann werde ich auch meinen Krug zerbrechen!"
Als das Mädchen heimkam, fragte es die Mutter: „Kind, wo hast du denn deinen Wasserkrug?" Da sagte das Mädchen: „Ach, das Christkind liegt in einem Stall auf Stroh, Bruder Schaf hat sich die Wolle zerzaust, Schwester Eule verlor ihr Federkleid, die Pappel warf ihre Blätter ab, das Pferd fuhr aus seiner Haut, die Quelle ließ ihr Wasser vertrocknen. Ist es da zu viel, wenn ich meinen Krug zerbrochen habe?" – „Du Dummerchen", rief die Mutter, „das Christkind liegt in einem Stall auf Stroh, weil es uns Menschen liebt. Statt traurig zu sein, solltest du dich lieber freuen!"
Da nahm das Mädchen einen neuen Krug, lief zur Quelle und erzählte ihr, was ihr die Mutter soeben gesagt hatte. Da sprudelte aus der Quelle vor Freude frisches Wasser, und sie lief dem Pferd hinterher, um ihm die gute Nachricht zu bringen. Da rannte das Pferd schnell zu seiner Haut und fuhr wieder in sie hinein. Als die Pappel den Grund erfuhr, flogen ihre Blätter vor Freude wieder an die Äste, die Eule sammelte im Nu alle ihre Federn ein, steckte sie sich wieder an den Leib und flog zum Schaf. Das Schaf bat sofort einen

Hirten, ihm das zerzauste Fell zu striegeln, und alle, das Mädchen, die Quelle, das Pferd, die Eule und das Schaf, rannten zum Stall, um sich das Christkind anzusehen und sich über seine Geburt zu freuen.
Nur die Pappel konnte nicht von der Stelle. Sie machte aber einen gaaaanz laaaaangen Haaaals, um das Christkind zu sehen, und noch heute hat jede Pappel einen ganz hohen schlanken Stamm, und ihre Blätter rascheln einem jeden, der vorbeikommt, ins Ohr, dass das Christkind im Stall auf Stroh liegt, weil es die Menschen liebt und dass sich deshalb alle an Weihnachten darüber freuen dürfen.

Der Kobold in der Christbaumkerze

Es war Heilig Abend. Mitten in der Stube stand der Christbaum und reichte mit seiner Spitze bis zur Decke. Prächtig war er geschmückt mit goldenen und silbernen Nüssen und pausbäckigen roten Äpfeln. Lange Strähnen von glitzerndem Engelshaar fluteten über die grünen Zweige herab. Die kleinen Wachslichter waren fast bis zur Neige abgebrannt. Eben waren sie ausgelöscht worden. Die Eltern und Kinder, müde vom Feiern, wollten nun schlafen gehen und strebten dem anderen Ende des langen Hausflurs zu, wo die Schlafzimmer lagen.

Bald war es still im Haus, mucksmäuschenstill. Nur in der Stube im Christbaum nicht. Ein eigentümlicher Geruch von Wachs vermischt mit Tannenduft trieb in unsichtbaren Schwaden durchs Zimmer, hinaus durchs halboffene Fenster und hinein in die eisige Winternacht.

Ein Luftzug rüttelte an den Scheiben, stieß den Fensterflügel auf und fuhr durch die Tannenzweige. Ganz unten an einem schmächtigen Ast saß ein kleines Wachslicht, aber nicht tot und stumm wie die andern, nein in ihm glimmte noch winziges Leben, das nahezu am Erlöschen schon war, doch nicht ganz. Immer wieder raffte es seine schwachen Kräfte zusammen und ließ den Docht stets aufs Neue erröten.

„Lass mich ... lass mich leben“, so flüsterte es dem Nachtwind kaum hörbar zu. Der hatte seine Freude an dem heimlich glühenden Funken und trieb sein Spielchen mit ihm, hauchte ihn an, blies ihn wach, bevor er beinah verlosch. Immer frecher wurde jetzt der Funke, zuckte zu einem bläulichen winzigen Flämmchen hoch, war mit einem Mal eine kleine Flamme. Höher und höher streckte sie sich und bog und wand sich hin und her.

Der Nachtwind erschrak: „Treib es nur nicht zu toll“, warnte er, „sonst blas ich dir mit einem einzigen Puster dein Lebenslicht aus! Pruste ich meine Pausbacken leer, so bist du im Nu mausetot. Ich glaub, ich sollte es tun, denn in euch winzigen Flämmchen soll ja ein riesiger Kobold stecken, und wird der wach und ausgelassen, so verschlingt der Haus und Hof. Und nicht einmal Tür und Tor und Fensterläden lässt der uns Winden zum übermütigen Spiel. Ja ja, gefährlich seid ihr, wenn ihr erst einmal zu Kobolden geworden seid.“

„Gefährliche Kobolde“, kicherte das Flämmchen und bog sich züngelnd zur Seite. „Mich nennst du gefährlich“, lachte es, „ja siehst du denn nicht, wie winzig ich bin.“

„Und es ist doch so“, schnaubte der Wind und blies das Flämmchen beinahe aus. „Ich möchte nicht schuld daran sein, dass du diesen stattlichen Tannenbaum mit Haut und Haar verschlingst. Ich kenn ihn nämlich sehr gut, hab draußen im Wald mit ihm oft gespielt. Er ist mir zum Freund geworden.“

„Ach, was für eine Angsthase du bist“, britzelte das Flämmchen. „Der Baum neben mir, sieh doch, ist er nicht tausendmal mächtiger? Schau her! Wenn ich mich noch so sehr strecke und recke, so bin ich ein Zwerglein nur neben ihm. Fällt ihm auch gar nicht ein, sich vor mir zu fürchten! Im Gegenteil – froh ist er, wenn ich ihn etwas beleuchte. Ohne mich bleibt er ein finsterer, ernster Bursche. Darum, Wind, mach dich ja nur nicht lächerlich, mich gefährlich zu heißen.“

Erbost fuhr der Nachtwind da zum Fenster hinaus, ließ den Baum mit dem Flämmchen allein.

„Nun kann ich wachsen – wachsen“, raunte der Flammenkobold unheilvoll und mit zarten Feuerfingern tastete er hinauf in die Höhe, umschmeichelte heiß eine der Fichtennadeln, die sich müd vom oberen Zweig zu ihm neigte.

„Au-au“, rief sie klagend und krümmte und wand sich vor Schmerz. Ein zarter Waldesduft rauchte durchs Zimmer und trug die Seele der kleinen Fichtennadel fort.
„Die hab ich verbrannt“, schnalzte der Kobold, der in der Flamme zu wachsen begann. Und erneut streckte er seine Arme empor und griff mit seinen Glutkrallen in die grünen Nadeln. Durch den Zweig knisterten verhaltene Schmerzenrufe. Der grausame Kobold aber kannte kein Mitleid.
„Wie wär es, wenn ich mich nun auf den Ast hinaufschwingen würde? Für einen Kobold wie mich ist solch ein Kunststück doch nur eine Kleinigkeit. Höher will ich steigen, immer höher.“
Und mit mächtigem Anlauf sprang die Flamme hinauf und hockte sich auf den Zweig, leckte an ihm und wo immer sie ihn berührte, leuchtete es im Nu glühend rot. Und im Zweig ertönte ein zunehmend lauteres Singen, Raunen, Knistern und Stöhnen.
Soeben flog der Nachtwind wieder am offenen Fester vorbei, in dem die Scheiben rot auf ihn starrten. Neugierig linste er in die Stube hinein und erschrak. Wie der Tannenbaum leuchtete und mitten in ihm hockte der Kobold, schaukelnd auf einem Zweig.
„Ha, da schaust du, wie groß ich geworden bin“, höhnte der Gnom. „Versuch's doch, ob du mich jetzt noch mit einem einzigen Puster maustot machen kannst. Probier's doch! Probier's!“ So zischte die Flamme und sprang nun in tollem Übermut von Zweig zu Zweig, zur Seite, im Kreis und immer höher und höher.
Und was war das dort hinten? Gar ein kleines, schon gänzlich erstorbenes Wachslicht. „Na warte, gleich mach ich auch dich lebendig“, zischte der Kobold, „dich und die andern, dann könnt ihr mir helfen. Hussa, ein Fest soll das werden, wie man keines noch sah!“
Sprach's und schlängelte sich auf leuchtender Bahn hinüber, schmatzte feurige Küsse und mit jedem war wieder ein Flammenkobold frei und zum Leben erwacht. Und alle reichten sich ihre glü-

henden Hände und tanzten einen wilden heißen Reigen, rund um die wehrlose Tanne und mitten durch sie hindurch. Sie krümmte vor Schmerz sich und wankte unter immer lauter werdendem Prasseln, Knistern und Knattern und versank in ein Feuermeer. Ein tiefer Seufzer zerschnitt die Stube und die Tanne war tot.

Die Flammenkobolde aber, sie tanzten jetzt im Zimmer herum. Der eine griff mit lodernder Hand in die flatternden Vorhänge und wirbelte sie, einer Feuerfahne gleich, zum Fenster hinaus. Die anderen sahen nicht tatenlos zu. Einer von ihnen züngelte zu den Flachshaaren der Weihnachtspuppe, fing mit ihnen zu spielen an und im Nu war nichts mehr übrig davon als ein Häufchen braunschwarzer Asche. Dann fasste er nach der Decke am Tisch, kroch hinüber zum Schrank und erreichte endlich mit mächtigem Satz das Gebälk an der Zimmerdecke.

Aber noch schneller war ein anderer Kobold gewesen. Auf dem Vorhang hockend galoppierte er wie auf einem feurigen Ross zur Höhe hinauf, rollte sich dann auf die Schindeln des Daches. Die duckten sich, wollten den Zudringling nicht zu sich lassen, aber der gab nicht nach. Immer wilder und heißer stampfte er mit dem glühenden Fuß auf das Dach, fand eine winzige Lücke, durch die er sich zwängte im Nu und schon gab es drinnen im Dachgebälk ein mächtiges Krachen und Prasseln. Nachdrängten die anderen Flammenkobolde und waren von innen und außen zur gleichen Zeit an der Arbeit, jauchzten schrill auf und loderten zum Himmel hinauf, als sollte auch der noch erfasst werden.

Der kleine Kobold, der in dem winzigen Wachslicht hauste, war jetzt zu einem feurigen Riesen aufgebläht. Der Nachtwind, der sich brausend beschwerte und

in das Flammenmeer Vorwürfe blies, ließ die Feuerwalze nur umso wilder und toller sich bäumen. Und schon griff der Kobold mit Feuerhänden hinein ins Gebälk, riss es auseinander wie dünnes Reisig und schleuderte es, vor Bosheit laut aufheulend, hoch hinauf in die Luft. Dicke Rauchwolken wälzten sich hinterher, die noch kaum auseinander geflogen, schon erneut von tanzenden Feuergarben durchdrungen wurden. Wie in Glut getaucht stand das Haus. Fenster krachten, brachen klirrend aus ihren Rahmen und stürzten zu Boden. Jetzt ein Rufen, ein Schreien, ein Jammern drinnen im Haus und draußen überall auf den Straßen. Halbnackt stürzen Menschen aus der Feuerhölle. Grell läuten die Glocken. Die Feuerwehr braust heran und schon schießen scharfe Wasserstrahlen dem Feuerkobold entgegen. Kinder und alte Leute, ohnmächtig oder laut brüllend, werden ins Freie geschleppt. Stunde um Stunde vergeht und der Kampf gegen den grausamen Kobold hat noch kein Ende. Der lacht nur und spottet, hechtet vom Dach, das zusammenbricht hinein in das Inn're des Hauses, sucht dort nach Resten, die er fressen kann und verschlingt auch das Kleinste, was ihm in den Weg sich noch stellt.

Erst, als nur schwarze Mauern ins kalte Morgengraun starren, ergibt er sich in sein Schicksal. Ein letztes Mal steigt er bös grinsend und jauchzend zur Höhe und glotzt mit flackernden Augen aufs öde Trümmermeer, fast erstaunt, was er alles vernichtet hat. Ein letzter Wasserstrahl trifft ihn ins Herz, und mit leisem Zischen sinkt er zusammen und stirbt.

Und die Menschen, sie stehen zitternd in eisiger Nacht. Sie weinen und klagen und verfluchen den Kobold im kleinen Weihnachtslicht, der ihnen alles, alles genommen hat.

Nach einem alten Märchen, um 1890,
nacherzählt von Alfons Schweiggert

Der Weihnachtsmarsch

Wie immer am Heiligen Abend, so standen auch in diesem Jahr in den gutgeheizten Wohnungen der Stadt die schöngeschmückten Christbäume. Besonders die Kinder warteten gespannt darauf, im Lichtschein der Kerzen schon bald ihre Geschenkpakete öffnen zu dürfen. Aber da geschah etwas Unerhörtes. Plötzlich kam in alle Weihnachtsbäume Bewegung. Sie rüttelten sich und schlüpften aus ihren Ständern, bekamen am Stamm unten beinähnliche Fortsätze und verließen einer nach dem andern lamettaknisternd und glockenklingend die menschlichen Behausungen. Auf den Straßen formierten sie sich zu einem Zug, der fortwährend anwuchs und wanderten schweigend durch die Stadt. Die Autofahrer wichen erschrocken auf die Gehsteige aus und stoppten ihre Fahrzeuge. Immer mehr Christbäume schlossen sich dem gespensterhaften Marsch an.

Jeder, der erlebte, dass soeben sein Christbaum davongelaufen war, raffte alle Geschenke zusammen und verfolgte den Ausreißer. Denn Gaben gehören nun einmal unter den Christbaum, ohne den ein Heiliger Abend für die meisten einfach unvorstellbar war.

Die Bäume marschierten in dichten Reihen und verstopften die Straßen. Doch da konnte man beobachten, wie einzelne von ihnen immer wieder den Zug verließen und in einen Seitenweg abbogen oder in einem Park verschwanden.

Einer der Bäume wankte beispielsweise unter eine Brücke, wo ein Landstreicher, eingehüllt in eine Decke, am Boden kauerte. Als der den Baum sah, blickte er erstaunt auf. Doch nach einer Weile zündete er dann die Kerzen an.

Mehrere Bäume drangen in ein nahe gelegenes Gefängnis ein, wo sich alle Türen, wie von Zauberhand berührt, öffneten. Die Gefan-

genen schauten verwundert auf die Eindringlinge. Sie freuten sich, als sie im warmen Kerzenlicht erstrahlten.
Andere Bäume fanden ihren Platz in einem Heim, wo Menschen untergebracht waren, die aus ihrer Heimat fliehen mussten, weil dort ihr Leben bedroht war.
Auch zu alten Menschen, die allein in ihren Wohnungen hausten, kamen die Christbäume zu Besuch und vertrieben die Einsamkeit. Auf der Straße herrschte reges Leben. Die Bäume marschierten, die Autos hupten und die Menschen irrten mit Geschenkpaketen und suchenden Blicken umher und versuchten ihren Christbaum zu erreichen. Eine Familie hatte soeben ihren Baum eingeholt, der auf ein altes verfallenes Haus zuwankte, in dem ein paar Stadtstreicher Unterkunft gefunden hatten. Der Vater stieß verärgert hervor: „Warum tun uns die Bäume das ausgerechnet heute am Heiligen Abend an?"
„Ach, Papa", meinte sein kleiner Sohn, „vielleicht suchen sie das Jesuskind." Die Tochter nickte und fügte hinzu: „Und wahrscheinlich suchen sie es überall dort, wo Not herrscht und wo es nach Stall riecht."
„Ja, das glaub ich auch", sagte die Mutter, „denn sie gehen zu den Armen unter Brücken, in Gefängnisse und in Heime und suchen sie auch in Ruinen und anderen Elendsquartieren."
„Schaut mal", rief die Tochter, „dort wird es jetzt überall hell und in unseren Häusern bleibt es dunkel."
Der Christbaum ihrer Familie war bereits in eine Ruine eingedrungen, wo einige Stadtstreicher unsicher auf den ungewöhnlichen Besuch blickten und über den prachtvoll geschmückten Baum und die festlich gekleidete Familie staunten. Mutter grüßte freundlich und zündete dann die Kerzen an. Der Vater und die Kinder waren froh, endlich die vielen mitgeschleppten Geschenkpäckchen und Pakete abladen zu können.

Als die Stadtstreicher das sahen, glaubten sie, die Gaben seien für sie, und zur Überraschung der Familie begannen sie, diese unverzüglich auszupacken. Sie staunten zwar über manchen Inhalt, so über eine Puppe, oder eine Modelleisenbahn und Computerspiele. Sie wunderten sich auch, dass ein Pullover nur Kindergröße hatte und mit einem Paar goldener Ohrringe wussten sie ebenfalls nichts anzufangen. Aber den warmen Wollschal, die feste Windjacke und die pelzgefütterten Winterstiefel konnten sie sehr gut gebrauchen. Der Vater bekam große Augen und wollte etwas sagen. Aber die Mutter hielt ihn zurück und meinte: „Sei still, mein Lieber! Schau, das Christkind will heute wieder einmal zu den Armen kommen."
Und so war es auch.
Überall in der Stadt legten die Menschen ihre Geschenke den ausgewanderten Christbäumen und den Armen zu Füßen und damit dem Jesuskind. Viele freuten sich sogar, dass Weihnachten endlich einmal ganz anders war als in all den Jahren zuvor.
Und es war eine stille und heilige Nacht und etwas mehr Frieden auf Erden als sonst.

Die goldene Nuss

Einmal am Weihnachtsabend raschelte es in der Ecke eines Kinderzimmers. Das kleine Mädchen, das am Boden saß und spielte, hörte das Geräusch. Es lief aber nicht ängstlich davon, sondern sah nach, von woher es kam. Da entdeckte es unter dem Vorhang den kleinen Weihnachtszwerg. Der lächelte dem Kind zu, öffnete seine Tasche und holte ein winziges Päckchen hervor. Das reichte er dem erstaunten Mädchen.

Als die Kleine das Geschenk auspackte, kam eine goldene Nuss zum Vorschein. „Das ist die goldene Weihnachtsnuss", sagte der Weihnachtszwerg. „Weil du das ganze Jahr so freundlich warst, schickt dir das Volk der Zwerge dieses kleine Geschenk. Es ist etwas unsagbar Schönes darin. Wenn du es errätst, springen die Schalen von selbst auseinander, aber nur in der Weihnachtszeit. Wenn du in diesem Jahr das Rätsel jedoch nicht löst, so kannst du nächstes Jahr weiterraten."

Nach diesen Worten war der Zwerg verschwunden. Das Mädchen drehte die Nuss hin und her und dachte: „Vielleicht ist ein Wunderring darin, der mich unsichtbar machen kann, wenn ich ihn an den Finger stecke und drehe." Aber die Schalen sprangen nicht auf.

„Oder", riet das Kind weiter, „es ist ein hauchdünnes Zaubertuch darin. Wenn ich mich darauf setze, trägt es mich wie ein fliegender Teppich in alle Welt. „Die Schalen rührten sich immer noch nicht.

„Ist vielleicht gar ein Tropfen vom Wasser des Lebens darin, mit dem ich nur meine Lippen benetzen muss, damit ich auf ewig ein fröhliches Leben führen kann?" Noch immer sprang die goldene Weihnachtsnuss nicht auf.

Das Mädchen rätselte nun die ganze Weihnachtszeit, was in der goldenen Nuss enthalten sein könnte, aber die Schalen öffneten sich nicht, was auch immer das Kind sich vorstellen mochte.
Schon war der 6. Januar und das Dreikönigsfest fast vorüber. Das Mädchen dachte: „Jetzt muss ich ein ganzes Jahr warten, bis es wieder Weihnachten wird. Dann erst darf ich weiterraten."
„Ach", rief es verärgert, „das halte ich nicht aus! Am Ende ist in der dummen Nuss überhaupt nichts enthalten!" Kaum hatte sie dies ausgesprochen, löste sich die goldene Nuss vor ihren Augen in nichts auf.
Vielleicht erscheint nun im nächsten Jahr der Christzwerg bei einem anderen freundlichen Kind und schenkt ihm die goldene Nuss. Und vielleicht bist es sogar du, der das zauberhafte Geschenk erhält. Dann rate fleißig, aber hüte dich, die Nuss zu beschimpfen, denn sonst ist sie auch für dich für immer verloren.

Das Märlein von den Nebelfrauen

Wenn sich alljährlich im November und Dezember dichte Nebel auf Wiesen und Felder legen und sich in Flussniederungen und sumpfigen Gegenden breit machen, dann steigen aus kalten Gewässern, feuchten Niederungen und Mooren die Nebelfrauen herauf. Gesicht und Hände sind unsichtbar, denn sie sind von Kopf bis Fuß in wallende Schleier gehüllt. Lautlos nähern sie sich bei einbrechender Dunkelheit nach dem Gebetläuten all jenen, die noch unterwegs sind, und beginnen ihre Nebelschwaden um sie zu schlingen, bis diese die eigenen Hände nicht mehr vor den Augen sehen. Nun gelingt es den Nebelfrauen mühelos, das Opfer in die Irre zu locken. Verläuft es sich nur und erreicht deshalb lediglich das angestrebte Ziel nicht, hat es noch Glück gehabt. Kommt es aber vom Weg ab und gerät in einen Sumpf oder stürzt vom Rande einer Schlucht in die Tiefe, kann das den Tod bedeuten.

Mit Vorliebe machen sich Nebelfrauen an Kinder heran, wenn die mit ihrer Mutter nachts noch unterwegs sind. Nur wenn die Kleinen von der Mutter sofort getragen werden, können die Nebelinnen ihnen nichts anhaben. Andernfalls locken die Unholdinnen die Kinder von der Mutter fort. Wenn sich die Nebelschleier lichten, stellt die Mutter dann zu ihrem Schrecken fest, dass ihr Kind spurlos verschwunden ist.

Nebelfrauen sehen ihr Tun aber nur als ein harmloses Spiel an. Sie genießen es, ihre grauweißen Schleier federleicht in die Höhe zu treiben, die dabei immer länger werden und sich schwerelos um die erdgebundenen Leiber ihrer Opfer schlingen. Auch wenn

diese mit ihren Händen die dichten Gespinste immer wieder zu zerreißen suchen, die Nebelfrauen lassen mit ihren Verhüllungskünsten nicht nach. Durch jede Gegenwehr scheinen sie nur umso mehr zu ihrem unheimlichen Tun angespornt zu werden. Auch davonzurennen nutzt nichts. Sie hauchen den Verängstigten dichte Nebelgespinste vor die Augen und weiden sich an deren Not, wenn sie über Wurzeln und Steine stolpern, gegen Baumstämme rennen oder in einen Moorgraben stürzen. Sie durchnässen die Kleider, bis die Genarrten jämmerlich zu frieren beginnen. Wer jedoch einige Zeit unbeirrt stehen bleibt und sich von dem Treiben der Nebelfrauen nicht verrückt machen lässt, von so einem lassen sie bald gelangweilt ab.
Von Glück kann der sagen, der das abendliche oder morgendliche Gebetläuten einer nahen Kirche vernimmt oder das Mettenläuten am Heiligen Abend. Heilige Klänge zerreißen die Schleier der Nebelfrauen nämlich sofort und geben den Blick wieder frei, sodass man sich rasch auf dem rechten Weg befindet.
Die Nebelfrauen treiben ihre verwirrenden und gefährlichen Spiele von Anfang November bis zum Ende des Jahres. Nach Dreikönig aber ziehen sie sich wieder zurück bis zu den Nebelmonaten im kommenden Winter.

Der traurige Christbaum

Es war kurz vor Mitternacht. Viele Kerzen auf dem Weihnachtsbaum waren schon weit heruntergebrannt. Katja wäre gern noch länger wach geblieben, aber Mutter sagte: „Kind, morgen ist auch noch ein Tag." Da half kein Sträuben. Katja dankte den Eltern noch einmal für den schönen Heiligen Abend und wünschte eine gute Nacht. Der Vater ließ zum Trost wenigstens die Türe zwischen dem Weihnachtszimmer und Katjas Schlafzimmer einen Spalt offen, so dass die Kleine den Christbaum sehen konnte.

Noch während ihr die Augen zufielen, sah sie seine geschmückten Zweige glänzen. Plötzlich ging ein Zittern durch den Tannenbaum, und sie hörte eine Stimme: „Liebe Katja, es war heute wunderschön bei euch, und es freut mich, dass ich euch in meinem Schmuck so gut gefallen habe. Aber dennoch bin ich traurig. Du weißt doch, meine Heimat ist die freie Natur. Dort stand ich zwischen meinen Brüdern und Schwestern und ließ mich wie sie von unserem Freund, dem Wind, streicheln. Manchmal zauste er uns auch übermutig. Aber er erzählte uns immer wunderschöne Geschichten, denn er kommt ja ständig durch die ganze Welt. Und dann besuchten uns die Vögel mit ihrem heiteren Gezwitscher. Und wie schön war es, wenn die flinken Eichkätzchen auf mir von Ast zu Ast turnten. Zu unseren Füßen wärmte uns das Moos, und es wuchsen dort hübsche Pilze. Ja sogar die Nacht war im Freien nicht langweilig. Da leuchtete uns das milde Licht des goldenen Mondes und das Funkeln von Tausenden von Sternen, und meine Baumfreunde rauschten ganz leise und erzählten flüsternd, was sie tagsüber erlebt hatten. Ach, wäre ich doch noch im Freien. Nun ist alles zu Ende. Ein paar Tage noch, dann werdet ihr meinen glitzernden Schmuck abnehmen und mich auf den Müll werfen."

Katja hatte einen unruhigen Schlaf. Am Morgen wusste sie noch jedes Wort und sie erzählte ihren Eltern, was ihr der arme Christbaum in der Nacht geklagt hatte. Da nahm der Vater Katja bei der Hand und führte sie zum Tannenbaum. „Du musst nicht traurig sein", sagte er zu ihr, „unser Baum wird nicht auf dem Müll landen, sieh her."

Der Vater zog das rote Tuch fort, das um den Fuß des Baumes geschlungen war. Da erkannte Katja, dass der Baum in einem mit Erde gefüllten Topf steckte. „Er hat noch alle seine Wurzeln," sagte der Vater, „und wir werden ihn im Frühjahr im Garten einpflanzen, damit er weiterleben kann."

Und so geschah es auch. Als dem Tannenbaum nach einer Woche der Festschmuck abgenommen worden war, trug ihn der Vater in den kühlen Keller. Dort durfte er den kalten Winter über bleiben. Im Frühjahr wurde dann der Baum an einem schönen Platz im Garten eingesetzt. Da wuchs der Tannenbaum nun Jahr um Jahr ein kleines Stück und war so froh wie Katja. Die Vögel waren wieder bei ihm, mit dem Wind konnte er Tag und Nacht plaudern, und der Mond und die Sterne beleuchteten ihn in mancher Nacht mit mildem Lichtschein.

An Weihnachten aber konnte der Tannenbaum jedes Mal sehen, wie ein neuer Weihnachtsbaum die Familie mit seinem prächtigen Festschmuck erfreute, bis auch er im Garten eingepflanzt wurde. Und als kein Baum mehr Platz hatte, gingen die Christbäume bei Freunden oder Bekannten in Pension, wo ihnen auch ein schönes Plätzchen im Garten zugewiesen wurde.

Das Märchen vom Wuidn Gjaid

Wenn bei uns im Dorf nach Weihnachten mit hereinbrechender Dämmerung ein tobender Wintersturm ums Haus heulte und wie verrückt an den Fensterläden rüttelte, sodass wir Kinder uns ängstlich in die Ecke verkrochen und glaubten, jeden Augenblick würden die Fensterschreiben zerbersten, dann kuschelten wir uns ganz schnell an die Großmutter, die uns dann die Geschichte von den Zwölfernächten erzählte, die zwischen Weihnachten und Heilig Dreikönig, also vom 25. Dezember bis zum 6. Januar andauern. Da weilen die Himmlischen unter den Irdischen, so sagte sie, aber auch die Höllischen. Da beginnt fast täglich nach dem Gebetläuten die Wilde Jagd, „des Wuide Gjaid“, so nannte es die Großmutter, und weil es so laut zugeht, sagt man auch „Nachtgschroa“ dazu.

Angeführt wird das Wilde Heer, das im Sturmwind, unter dem Bäume und Äste ächzen und bersten, daher braust, meist von Wotan, „dem Woidl“, so die Großmutter, mit seinen beiden Raben und den zwei Wölfen. Er reitet auf seinem geisterhaften Schimmel mit den acht Beinen voraus. Manchmal ist es auch der Teufel selbst auf einem feurigen Eber.

Darauf folgt dann der Helljäger oder Nachtjäger, nach seiner Tracht auch Blauhütl oder Breithut genannt. Er ist verdammt, in alle Ewigkeit zu jagen, weil er einst am Karfreitag, dem Todestag Christi, respektlos auf die Jagd gegangen ist.

Hintennach tobt im heulenden und klagenden Sturm, als ob die Welt untergehen würde, das Heer der Toten und Geister, der Unholde und Nachtalben. Hexen, Zauberer und dem Teufel Verfallene sind ebenso darunter wie Frau Holle, die Percht und die Haberngoaß. Die Hexen feiern zu diesem Anlass gleich auch noch ihren Sabbat, können ihren Leib ablegen und überall dorthin fliegen, wohin die Lust sie treibt. Besonderen Spaß, so versicherte die Großmutter, haben diese Unholde am Alpdrucken, wenn sie sich einem harmlosen Schläfer auf die Brust hocken, daß ihm der Schnaufer wegbleibt.

Gehetzt von einer blutgierig kläffenden Meute Riesenhunde keuchen zuletzt die armen Seelen daher, darunter vor allem die Selbstmörder, die der Verdammnis verfallen sind. Auch im Leben völlig verkommene Schiffsleute rasen mit Gelärme und greulichen Flüchen durch die Lüfte. Rieseneulen, scheußliche Fledermäuse und gewaltige Kolkraben begleiten das Getobe mit Bellen, Fauchen, Zischen, Krächzen und Heulen.

Die Wilde Hatz, erzählte die Großmutter weiter, scheucht auch Waldgeister wie Moosweibl und -mandl auf, aber die Naturgeister bringen sich vor den Unholden lieber unter einem Baumstock in Sicherheit, in den am besten drei Kreuze gehackt sein sollten, so dass keine Druden sich darauf niederlassen können. Wer das Wuide Gjaid herankommen hört, so empfahl uns die Großmutter, der muss sich in Gottes Namen sofort mit dem Gesicht auf den Boden werfen, dazu seine Arme kreuzweise hinter dem Kopf verschränken und auch seine Beine kreuzartig übereinanderlegen. Nur so kann er unversehrt bleiben und Rettung erlangen.

In Einödhöfen so wie bei uns, erzählte die Großmutter weiter, schließt ein kluger Bauer tunlichst alle Gerätschaften ein und verbarrikadiert die hintere Haustüre, wenn er den Geisterzug nahen hört. Die Dachluken aber werden geöffnet. Durch sie kann die wilde Horde nämlich nicht eindringen, aber der Bauer vermag sich mit seinen Angehörigen ins Freie zu retten.

Besondere Ängste müssen böse Kinder und unmoralische Mädchen ausstehen. Denn Frau Percht packt diese mit Vergnügen an den Haaren, reißt sie hoch in die Lüfte hinauf und lässt sie über dem Chiemsee fallen und vielleicht sogar in den Tod stürzen. Auch harmlose Spaziergänger werden mit Vorliebe vom Wuidn Gjaid überwältigt, hoch hinauf katapultiert und im glücklichsten Fall kurze Zeit später wieder fallen gelassen, was meist nicht ohne Knochenbrüche abgeht.

Die wilden Gesellen – ja so schlimm sind sie, sagte die Großmutter – töten, verletzen und entführen aber nicht nur Mensch und Tier, die ihnen über den Weg laufen, sie hexen auch manchem Unvorsichtigen Hörner und lange Ohren an, die erst nach intensivem Beten wieder verschwinden. Aber auch Segen bringt das Wuide Gjaid bisweilen. Denn Felder, über die es hinwegfegt, oder Obstbäume, die ihr Sturmwind gerüttelt hat, tragen im neuen Jahr reiche Ernte.

Früher, so erinnerte sich die Großmutter, war in den Zwölfernächten jede Drehbewegung verboten und wer Wäsche aufhängte, aus dessen Familie holte die Percht sich im neuen Jahr einen ins Totenreich.

Ein gar schauriges Märchen war es, was uns die Großmutter da erzählte, während der Sturm draußen ums Haus heulte Aber wir lauschten ihr andächtig und waren gottfroh, dass sie ihre Arme schützend um uns legte. In alten Liedern, so sagte sie, da klingt noch die tiefe Angst vor dem Wuidn Gjaid mit. Und dann sang sie uns zum Abschluss eine solches Lied mit zittriger Stimme vor und wir lauschten gebannt dem geheimnisvollen Gesang:

Hu, hu, gscha, gscha, laf, Bua, laf
und schau di net um oder i drah dir an Kragn um.
Hu, hu, gscha, gscha, still, Bua, still,
wirf di nieder, Gsicht auf'n Bodn, drah di net um.
Hu, hu, gscha, gscha, laf, Bua, laf
und schau di net um oder i drah dir an Kragn um.
Hu, hu, gscha, gscha, still, Bua, still ...

Zum Glück, so tröstete uns die Großmutter, müssen wir alle das Wuide Gjaid nur zwölf Nächte lang aushalten, danach haben wir in Bayern für ein ganzes Jahr wieder Ruhe vor ihm.

Das Glücksschwein

„Ich bin ein Glücksschwein!“ rief das Glücksschwein. Das hörte ein Kaminkehrer. Der sagte: „Gut, dass ich dich treffe. Wenn du ein Glücksschwein bist, kannst du mir sicher dabei helfen, dass ich auf den Mond komme.“

„Na klar“, entgegnete das Glücksschwein, „steig einfach auf meinen Rücken, und ich schieb dich von dort zum Mond hoch.“ – „Geht nicht“, sagte der Kaminkehrer, „da fehlt noch ein Stück.“

Das Glücksschwein lief zum Glückspilz und sagte zu ihm: „Komm steig mir auf meinen Buckel!“ Und zum Kaminkehrer sagte es: „Doppeltes Glück bringt dich näher ein Stück.“ Der Kaminkehrer aber meinte: „Näher schon, reicht aber noch immer nicht.“

„Vielleicht hilft dreifaches Glück“, grunzte das Glücksschwein, pflückte ein vierblättriges Kleeblatt und sagte zu ihm: „Sei so lieb und steigt dem Glückspilz auf den Kopf!“ „Mach ich“, sagte der Glücksklee. „Fast“, keuchte der Kaminkehrer, „fast kann ich den Mond jetzt schon berühren, aber leider noch nicht ganz.“

Da pfiff das Glücksschwein den Glückskäfer herbei. „Komm, sei so gut und flieg nach oben und steigt dem Glücksklee auf das oberste Blatt.“ Das machte der Glückskäfer sofort und stellte sich auf den Glücksklee, der auf dem Glückspilz stand, der auf dem Glücksschwein balancierte, das mit seinem Glücksschweinringelschwanz hin- und herwackelte und das Gleichgewicht zu halten suchte.

„Jetzt bin ich auf dem Mond!“ rief der Kaminkehrer. Er wollte sofort die Kamine der Mondkrater kehren. Die waren aber alle sauber. Enttäuscht stieg der schwarze Mann wieder herunter und sagte: „Ein Unglück ist’s, daß mich der Mond gar nicht braucht. Ein Glück aber ist’s, dass ihr vier meine Freunde geworden seid!“

„Kein Wunder", grunzte das Glücksschwein, „du bist eben ein Glückskaminkehrer!" Und alle fünf schauten glücklich in den Mond, der aus dem Staunen gar nicht mehr herauskam.

Die Glöckchenblume und der Schnee

Nachdem Gott die Welt erschaffen hatte, die Pflanzen, Tiere und den Menschen, hatte er auch alle Farben unter ihnen verteilt. Als letztes kümmerte er sich um den Schnee, aber leider hatte er keine Farbe mehr für ihn übrig. Da sprach Gott: „Dir erlaube ich, dass du dir deine Farbe selbst aus all den Dingen aussuchst, die du im Winter mit deinem eisigen Mantel zudeckst. Sie werden Dir sicher etwas von ihrer Farbe abgeben?“
Der Schnee ging darauf zum Gras und fragte es: „Kannst du mir nicht etwas von deiner grünen Farbe abgeben? Das Gras aber wies ihn ab, da es den Schnee nicht mochte, der es so dicht zudeckte, dass es fast erstickte.
Nun besuchte der Schnee die Rose und bat sie, ihm etwas von ihrem Rot zu schenken, aber die Rose wandte sich von ihm ab, da sie der Schnee mit seiner Eiseskälte fast erfrieren ließ.
Ebenso erging es dem Schnee bei der gelben Sonnenblume und beim blauen Veilchen. Keine Pflanze, keine Tier und auch nicht der Mensch waren bereit, dem Schnee etwas von ihren Farben zu schenken. Denn alle waren ihm nicht wohl gesonnen, weil er sie im Winter mit seiner Eiseskälte so sehr quälte.
Zuletzt traf der Schnee die weiße Glöckchenblume. „Ach“, klagte er,

„mir ergeht es wie dem Wind. Auch mit ihm will niemand seine Farbe teilen, weil er alle so heftig anbläst. Und mir will deshalb niemand etwas von seiner Farbe abgeben, weil ich so eisigkalt bin und mich alle deshalb hassen."

Doch die Glöckchenblume hatte Mitleid mit ihm. Der farblose Schnee tat ihr leid und sie bot ihm an: „Wenn dir mein schlichtes Weiß gefällt, dann nimm dir doch etwas davon." Hocherfreut nahm der Schnee die weiße Farbe an und dankte der Glöckchenblume. „Weil du deine Farbe mit mir geteilt hast, so will ich auch dir etwas von mir schenken und zwar meinen Namen. Du sollst ab heute nicht mehr nur Glöckchenblume heißen, sondern Schneeglöckchen.

Seit dieser Zeit ist der Schnee allen Pflanzen, Tieren und auch dem Menschen übel gesonnen und lässt sie alle im Winter erbärmlich frieren. Nur das Scheeglöckchen nicht, das er schon blühen lässt, wenn er selbst noch kalt auf der Erde liegt und alles mit seinem eisigen Mantel bedeckt. Seither sind die Schneeglöckchen auch die ersten Blumen, die aus der Schneedecke hervorblitzen, sobald es etwas wärmer wird. Und darüber freuen sich dann alle Menschen und die Kinder singen:

Tief in der Erde, von Schnee bedeckt,
schläft das Schneeglöckchen gut versteckt.
Doch scheint die Sonne, wacht es auf,
will in die Freiheit so gern hinauf,
möchte dort oben im Sonnenschein
das erste Blümchen im Frühjahr sein.
Es reckt und streckt sich in die Höh,
guckt dann fröhlich aus dem Schnee.
Hört ihr es nicht, es läutet ganz fein?
Schneeglöckchen läutet den Frühling ein.

Die drei Frauen und das Jesuskind

Das Christkind kam zwar in einem versteckten Stall in Bethlehem zur Welt. Doch unbekannt blieb seine Geburt nicht. Als erste erfuhren die Hirten davon, die auf freiem Feld bei ihrer Herde Nachtwache hielten. Ihnen erschien plötzlich ein Engel, sodass sie erschraken. Doch der Engel sprach: „Fürchtet euch nicht, denn ich verkünde euch eine große Freude. Heute ist in Bethlehem in einem Stall das Jesuskind geboren. Es liegt dort in einer Futterkrippe." Sofort machten sich die Hirten auf den Weg zum Stall.
Aber auch andere Menschen wurden auf die Geburt des Gotteskindes aufmerksam. So waren es drei weise Männer aus dem Morgenland, die einen hell leuchtenden Stern am Himmel erblickten, der ihnen die Geburt des Gotteskindes anzeigte. Sie folgten deshalb dem Stern. Doch es war ein weiter Weg, den sie da nach Bethlehem zurücklegen mussten, mehr als 1000 Kilometer lang. Er führte sie durch Wälder und Wüsten, über Berge und das Meer und durch verschiedene Länder. Auf dem Weg musste sie immer wieder Unterkünfte aufsuchen, wo sie die Nacht verbringen konnten. Und dabei begegneten ihnen auch drei Frauen.
In einer eisigen Winternacht kamen sie in Russland an einer kleinen Hütte vorbei, in der die alte Babuschka am Kaminfeuer saß und sich wärmte. Plötzlich klopfte es und die alte Frau ging zur Tür und öffnete sie. Davor standen die drei weisen Männer. Babuschka staunte, weil sie so vornehm gekleidet waren. Dennoch lud sie die Besucher ein, in ihre ärmliche Behausung einzutreten. Während sie ihre Gäste bewirtete, erzählten diese ihr: „Wir sind schon seit Wochen unterwegs zu einem Ort, der Bethlehem heißt. Dort soll ein Kind geboren worden sein, das der König der Welt ist. Und deshalb dürfen wir keine Zeit verlieren und müssen bald wieder

aufbrechen." Sie luden Babuschka ein, doch mit ihnen zu kommen und sie auf ihrem Weg zu begleiten. Doch das Mütterchen winkte ab und klagte: „Ach, meine Beine sind für solch einen beschwerlichen Weg und dazu auch noch im Winter schon viel zu alt." Da zogen die drei Männer alleine weiter.

Doch kaum waren sie fort, ergriff das Mütterchen eine heftige Unruhe und die ganze Nacht machte sie kein Auge zu. Am Morgen beschloss sie dann, die drei Männer doch auf ihrem Weg zum neugeborenen König der Welt zu begleiten. Sie packte in einen Korb ein Stück frisch gebackenes Schwarzbrot, ein paar Zuckersachen, Windeln und ein altes Spielzeug, denn sie wollte dem Kindlein, von dem die Männer ihr erzählt hatten, unbedingt etwas mitbringen. Und dann machte sie sich auf den Weg, um die drei Männer noch einzuholen. Aber Neuschnee war gefallen und hatte alle Spuren verwischt. Doch Babuschka gab nicht auf, ging von Dorf zu Dorf und fragte überall nach den Männern. Tage und Wochen vergingen und erst nach langer Zeit hatte sie sich endlich bis zum Stall von Bethlehem durchgefragt. Erschöpft trat sie ein, aber die Krippe war leer und die Eltern mit dem Kind verschwunden. Traurig machte sich Babuschka weiter auf die Suche nach dem Kind, das sie aber nicht mehr fand. „Ach wäre ich doch mit den drei Männern gleich mitgegangen", seufzte sie, „dann hätte ich das Kindlein sicher schon gefunden."

Die drei Weisen kamen auf ihrem Weg auch durch Italien. Müde, ausgehungert und durstig wollten sie bei der alten Befana einkehren und erzählten auch ihr: „Wir folgen einem Stern, der uns zu einem neugeborenen Kind führen soll, von dem es heißt, es sei der König der Welt." Die drei hofften nun, von Befana eine kleine Erfrischung zu bekommen und auch ein Lager, um sich ein wenig auszuruhen. Doch Befana, die den Verwandten eines angesehenen römischen Beamten erwartete, von dem sie glaubte, er könne ihr

einmal von Nutzen sein, wies die drei Fremden ab: „Tut mit leid, ich habe jetzt keine Zeit für euch. Sucht euch eine andere Unterkunft. Aber auf dem Rückweg könnt ihr dann ja bei mir nochmals anklopfen." Enttäuscht zogen die drei weiter. Auf dem Rückweg schauten sie aber nicht mehr bei Befana vorbei.
Eine paar Tage später, nachdem ihr Verwandter wieder gegangen war, bekam Befana ein schlechtes Gewissen. Sie erinnerte sich an den Stern, von dem ihr die drei Männer erzählt hatten. Mit ziemlicher Verspätung machte sie sich nun doch noch auf die Suche nach ihnen, weil auch sie auf das Christkind neugierig war, aber der Stern am Himmel war mittlerweile erloschen und so holte sie weder die drei Weisen ein noch fand sie das Jesuskind. Sie grämte sich so sehr, dass sie den dreien ihre Gastfreundschaft verweigert hatte, dass sie alt und hässlich wurde und wie eine Hexe aussah.
Auf ihrer Reise zum Jesuskind kamen die drei weisen Männer auch nach Deutschland. Auf der Suche nach einer Unterkunft klopften sie diesmal an das Tor eines Bauernhofes. Eine einfache Bäuerin öffnete, bekleidet mit einem Rock aus grobem Leinen und einer gemusterter Schürze. An den Füßen trug sie klobige Bergschuhe. Sie roch nach Stall und Erde und trug einen Reisigbesen. Frau Holla, so hieß die Frau, bewirtete die Männer, die auch ihr erzählten, sie seien auf der Suche nach dem König der Welt. Als sie Frau Holla einluden, sie doch auf ihrem Weg zu begleiten, meinte die: „Herrje, ich habe so viel Arbeit auf dem Hof, dass ich es mir nicht leisten kann, auf Reisen zu gehen. Geht ihr nur alleine weiter!" Das taten die drei Weisen auch. Doch es waren noch keine zwei Tage vergangen, da ärgerte sich auch Frau Holla, dass sie die Männer alleine hatte weiterziehen lassen. Schnell packte sie ihre Siebensachen in einen Rucksack und eilte ihnen hinterher. Sie holte sie aber nicht mehr ein und ebenso wenig entdeckte sie den Stern am Himmel,

der ihr den Weg zu dem neugeborenen Kind gewiesen hätte. Und so kehrte sie traurig heim.
Babuschka, Befana und Frau Holla, alle drei Frauen aber ließ der Gedanke ans Jesuskind, das sie nicht gesehen haben, nie mehr los und so trieben sie sich zur Weihnachtszeit immer auf der Suche danach in Russland, Italien und Deutschland herum.
Noch heute geht im Winter die alte Babuschka durch die Straßen und Gassen Russlands und schaut durch die Fenster in die Stuben hinein. Manchmal finden die Kinder dann am anderen Tag ein Stück Schwarzbrot, aber auch ein anderes Geschenk auf der Fensterbank. Und dann wissen sie, die gute alte Babuschka ist in der Dunkelheit an ihrem Haus vorbeigekommen und hat ihnen ein Geschenk gebracht, nachdem sie dem Jesuskind kein Geschenk hatte bringen können.
In Italien fliegt seither in der Nacht vom 5. auf den 6. Januar „La Befana", die Dreikönigshexe, auf der Suche nach dem Jesuskind und den drei Weisen mit einem Sack voll Süßigkeiten und Kohle auf einem Besen von Haus zu Haus. Die italienischen Kinder hängen am Vorabend des Dreikönigstags ihre Strümpfe an den Kamin oder stellen Schuhe hin, damit die Hexe sie mit Gaben füllen kann. In der Nacht rutscht dann Befana durch den Schornstein in die Häuser und steckt den guten Kindern Süßigkeiten und Geschenke in die Strümpfe, den bösen Kindern aber Kohle. Natürlich ist das keine echte Kohle sondern „carbone dolce", also „süße Kohle", eine schwarz gefärbte Zuckermasse, die nur wie Kohle aussieht.
Und in Deutschland wurden früher am 6. Dezember in manchen Gegenden die Kinder statt vom Nikolaus noch von der Frau Holla beschenkt. Mit ihrer Besenrute weckte sie nicht nur das Leben in den Wurzeln der Pflanzen auf den Feldern, sondern fitzelte damit auch die Kinder und Eltern, denen sie mit einem leichten Schlag ihrer Rute ebenfalls Segen brachte. Die Eltern erzählen

den Kindern noch heute gerne das Märchen von Frau Holle, von der die fleißige Marie mit Gold belohnt, die faule aber zur Strafe mit Pech besudelt wird. Wenn Frau Holle es schneien lässt, schlägt sie ihr weißes Gewand weit auseinander, schüttelt ihre Betten aus, sodass die Federn gleichsam als Flocken zur Erde fallen.
Neben den drei Sterndeutern Kaspar, Balthasar und Melchior sind es bis heute die drei Frauen Babuschka, Befana und Frau Holla, die an die Suche nach dem Jesuskind erinnern und daran, dass man diese Suche keinesfalls aufschieben oder gar verweigern sollte.

Sarah, der kleine Engel

Wie jedes Jahr, wenige Tage vor Weihnachten, lud das Christkind die vielen Geschenke für die Menschenkinder auf seinen großen goldenen Himmelsschlitten, der von sieben stattlichen Hirschen gezogen wird. Auf dem Schlitten hatten bereits sieben Engel Platz genommen, die dem Christkind beim Verteilen der Geschenkpakete helfen sollten. Sie waren aus der großen Schar der himmlischen Engel für die Heilige Nacht in diesem Jahr ausgewählt worden.
Einer dieser Engel war Sarah. Bereits tagelang vorher hatte sie vor Aufregung kaum noch schlafen können. Wenn sie dann doch einmal etwas schlummerte, träumte sie von der bevorstehenden Fahrt mit dem prächtigen Himmelsschlitten.
Am Heiligen Abend war es dann endlich so weit. Die Hirsche scharrten schon vor Ungeduld und die sieben Engel putzten immer wieder ihre goldenen Flügel, damit sie im Sternenlicht ja zauberhaft funkelten und blinkten. Was würde das für ein Riesenspaß werden, jetzt gleich mit dem Schlitten voller Geschenke vom Himmel auf die Erde zu fliegen.
Schon schwang sich das Christkind auf den Kutschbock, zwinkerte lächelnd noch einmal seinen sieben Helfern zu. „Hü“, rief es dann und schon ging ein Ruck durch den Schlitten und die Hirsche sprengten los. Das ging alles derart schnell, dass eines der Pakete ins Rutschen geriet. Sarah griff zwar sofort danach, bekam es auch zu fassen, verlor dabei aber das Gleichgewicht, und eh’ sie es verhindern konnte, purzelte sie mitsamt dem Paket vom Schlitten, der ungebremst weiter raste. Sarah stürzte in die Tiefe. Sofort begann sie mit den Flügeln zu schlagen und konnte so den Sturz rasch abbremsen. Der Schlitten aber war längst über alle – nein, nicht

Berge – , sondern über alle Wolken davon und nichts mehr war von ihm zu sehen.
Sarah blickte nach unten und schon erkannte sie die ersten Häuser der Menschen und bald landete sie mitten auf dem Marktplatz einer kleinen Stadt. Fest hielt sie das Paket an sich gedrückt. Einige Leute schauten sie verwundert an. Erst als es ihr gelang, die goldenen Flügel wegzuwünschen, gingen die Leute achtlos an ihr vorbei, denn sie sah nun aus wie jedes andere Menschenkind. Sarah schlenderte durch die Stadt und als sie an einem Waisenhaus vorüber kam, gab sie das Paket mit den Worten „Einen schönen Gruß vom Christkind" an der Pforte ab.
Als die Weihnachtszeit vorbei war, konnte sich Sarah bei den Menschen umzusehen, denn der Schlitten mit dem Christkind, dessen war sie sich sicher, würde erst wieder in einem Jahr zur Erde kommen. Sarah lernte nun viele Menschen kennen. Einige waren freundlich und hilfsbreit, andere abweisend und unhöflich. Und Sarah erfuhr auch, dass die Menschen miteinander stritten, dass es Hass und Neid gab auf der Welt, ja, dass Menschen sogar Kriege untereinander führten. Engel kennen zwar keine Tränen, aber als Sarah das viele Leid sah, das es auf der Welt gab, musste sie weinen. Ein junger Mann, der vorbeikam, nahm sie in die Arme und tröstete sie. Er brachte sie sogar wieder zum Lächeln und sie verzauberte ihn mit diesem Lächeln und der junge Mann schenkt ihr sein Herz. „Du bist mein Engel", sagte er, und er wollte sie nun immer in seiner Nähe haben.
Bald neigte sich das Jahr seinem Ende zu und wieder nahte die Weihnachtszeit. Schon in wenigen Wochen würde das Christkind auf seinem Himmelsschlitten zur Erde kommen und dann, so befürchtete Sarah, müsste sie wieder zu den Engeln in den Himmel zurückkehren. Sie hatte aber den jungen Mann sehr lieb gewonnen und wollte ihn nicht mehr verlassen. Deshalb schrieb auch sie wie viele andere Menschenkinder einen Brief ans Christkind:

Liebes Christkind!

Seit ich im letzten Jahr vom Himmelsschlitten gefallen bin, ist schon wieder ein Jahr vergangen. Das Leben bei den Menschen ist zwar nicht immer so schön wie bei den Engeln im Himmel. Aber ich bin einem jungen Mann begegnet, den ich sehr mag, und ich habe viele liebe Freunde kennen gelernt. Sie alle wären betrübt, wenn ich von hier fort müsste. Es gibt auch noch so viele traurige Augen, in die ich ein Lächeln zaubern möchte und so viele traurige Herzen, die ich fröhlich machen möchte. Deshalb kann ich von hier nicht einfach fortgehen, kannst du das verstehen?

Dein Engel Sarah

Schon kurze Zeit später kam der Antwortbrief:

Mein lieber Engel Sarah!

Seit langer, langer Zeit schon komme ich mit meinem Schlitten jedes Jahr an Weihnachten zu den Menschen auf die Erde. Und jedes Mal – ist das nicht seltsam – ist bisher ein kleiner Engel vom Schlitten gefallen. Bald habe ich gemerkt, dass die Menschen diese Engel brauchen. Ohne sie wäre das Leben auf der Welt noch etwas kälter und trauriger. Deshalb, bleib bei den Menschen, Sarah, sie brauchen auch dich!
Wie lange du bleiben kannst, das kann ich dir nicht sagen. Irgendwann wirst auch du einmal gehen müssen, so wie alle anderen Menschen auch. Aber ich verspreche dir, dass ich dann einen anderen Engel zur Erde schicken werde, damit der junge Mann, den du besonders liebst und alle deine Freunde und die vielen anderen Menschen nicht allzu traurig bleiben müssen.

Und noch eines: Denke immer daran, wenn du einem Menschen begegnest, vielleicht ist auch er ein Engel, ein Engel mit unsichtbaren Flügeln, den die anderen Menschen genauso dringend brauchen wie dich.

Dein Christkind

Das Märchen vom letzten Weihnachtsfest König Ludwigs II.

Der Märchenkönig Ludwig II., den jedes Kind auf der Welt kennt, kam Ende November 1885 in sein Schloss Neuschwanstein, das sich noch im Bau befand und blieb dort nur bis zum 13. Dezember. Danach fuhr er in sein Waldschloss Linderhof, wo er sich bis zum 21. Dezember aufhielt. Das Weihnachtsfest aber wollte er, wie er das schon seit vielen Jahren tat, in seinem Kindheitsschloss Hohenschwangau verleben. Dorthin zog es ihn also auch am Heiligen Abend 1885.

Stille Nacht! Heilige Nacht! Der Heiland ist geboren. Aus den Kirchen in den Tälern und von den einsamen Kapellen auf tief verschneiten Höfen kündeten die ehernen Stimmen der Glocken die frohe Botschaft und riefen die Gläubigen zur Christmette, Gott für seine Gnade zu danken und zu lobsingen zu seiner Ehr. Sternklar lag die Nacht über See und Gebirge. Gestern noch hatte der Wintersturm getobt, heute regte sich kein Lüftchen. Wipfel und Zweige, dicht mit Schnee verhängt, tief unter seiner Last gebeugt, wuchsen die Wälder um Hohenschwangau in den Himmel. Hin und wieder schimmerte ein Lichtlein durch den dunklen Tann, vielleicht das eines Wanderers, der eilig heimwärts, dem Tale zustrebte. Hell stand das Schloss gegen den Nachthimmel. Lichterfluten brachen aus seinen hohen Fenstern.

Der König war allein und erinnerte sich an diesem Abend an den Heiligen Abend vor 12 Jahren.

1873 hatte er Weihnachten noch mit der Mutter und seinem Bruder Otto auf Schloss Hohenschwangau gefeiert. Sein Vater König Max war schon seit neun Jahren tot. Otto war bereits von seiner geistigen Erkrankung gezeichnet und die Mutter machte sich große Sorgen um Otto und ihn, ihre beiden Söhne. Der Weihnachtsabend 1873 war deshalb in melancholische Stimmung getaucht, so wie auch jetzt der Hl. Abend 1885.

Und dann erschienen in Ludwigs Erinnerung plötzlich die Bilder von damals, als er mit der Mutter und seinem Bruder Otto das Weihnachtsfest gefeiert hatte. Da prangte im Wohngemach seiner Mutter die festlich verzierte Tafel. In ihrer Mitte erhob sich ein reich geschmückter, großer Tannenbaum. Der Glanz seiner vielen Lichter brach sich verdoppelt in den Spiegeln der Wände und erhellte das Gemach bis in die dunkelsten Ecken. Seine Mutter saß damals still und versonnen in ihrem hohen Lehnsessel, während er, Ludwig, an einem der Fenster lehnte und in die Nacht hinaussah. Tiefes Schweigen herrschte – nur die Kerzen knisterten leise, wenn die Spitzen der Flammen die Nadeln eines Zweigleins trafen, genauso wie jetzt. Damals habe die Mutter auf ihn und Otto geblickt. Ängstlich war der Ausdruck, der in ihren Augen lag und er verwandelte sich allmählich zu tiefer Besorgnis. Dachte sie schon damals an seine Absonderlichkeiten, seinen Hang zur Einsamkeit und zur Träumerei, seine oft völlige Abgekehrtheit von der Gegenwart, seine Menschenscheu. Wie glücklich war sie doch, als er um die lebenslustige Sophie gefreit hatte! Mit ihr vereint, davon war sie überzeugt, wäre er gewiss ein Anderer geworden. Doch wo war ihr Hoffen geblieben? Verweht wie ein dürres Blatt vor dem Wind! Nach einer kurzen Weile erhob sie ihr müdes Haupt, hinter dessen Stirn wirr die Gedanken kreisten und ihre Blicke glitten zu seinem Bruder Otto. Ihr Liebling, ihr Sorgenkind war er von jeher gewesen. Zart und schmächtig war er trotz aller Pflege geblieben, eines nur hatte er von ihr geerbt, ihre Frohnatur. Und doch, wenn auch der Mund lachte, der Schleier über seinen Augen, den nur ihr scharfes Mutterauge sah, wich nicht. Sorgenkinder, ach, waren sie beide!

Damals, so erinnerte sich Ludwig, hatte er seine Mutter aus ihren grüblerischen Gedanken zu befreien versucht und sie gefragt: „Teure Mama, woran denkst du?“ – „Ich, ich – verzeiht meine lieben Kinder“, hat sie, jäh aus ihren Gedankengängen gerissen, gestammelt. „Ihr wart so still – ich hab mich zurückgeträumt in die Zeit, in der euer Vater noch mit uns Weihnachten feierte und noch weiter zurück in meine Jugendzeit …“ – „Ach ja, Jugendzeit!“, so habe er, Ludwig, damals geseufzt und hinzugefügt: „O meine teure Mama, ich kann das mit ganzer Seele verstehen, wie träume auch ich mich oft in sie zurück. Da war ich noch glücklich, restlos glücklich!“ – „Und warum bist du es jetzt nicht mehr, mein lieber Ludwig? Du könntest es sein, wenn du wolltest – wenn du gewollt hättest!“ – „Ob ich das nicht gewollt habe, meine teure Mama, weißt du das so gewiss?“ habe er ihr mit leisem Beben in seiner Stimme entgegnet. Damals war Otto hinzugetreten und winkte der Mutter zu, das angeschlagene Thema nicht weiter zu verfolgen. Sie habe das sofort verstanden und weitere Fragen erstarben auf ihren Lippen. Es war ja Weihnachten, Weihnachtsabend! Wie konnte sie darauf vergessen!
Auch er, Ludwig, habe ihr Schweigen begriffen, sich liebevoll zu ihr niedergebückt und ihre Hand an seine Lippen gezogen, um ihr für das Zartgefühl zu danken, das sie ihm bekundet hatte. Da sei ein Diener über die Schwelle getreten und habe ihm etwas zugeflüstert, worauf er zu seiner Mutter gesagt habe: „Und nun, meine teure Mama, möchten wir dir noch eine Freude bereiten, die wir bis jetzt für dich aufgespart hatten.“ – „Noch ein Freude, meine lieben Kinder!“, lächelte die Mutter. „Komm, Mama!“, habe er gesagt und sie liebevoll gestützt, als sie sich aus dem Sessel erhob und dann habe er sie gemeinsam mit seinem Bruder an den Erker ihres Gemachs geführt und das Fenster geöffnet.
Da sei den Lippen der Mutter ein Ruf des Entzückens entflohen, denn dort am Rande des dunklen Tann, den hoher Schnee fast den

Blicken entzog, erglänzte damals eine einzelne hohe Tanne in einem Lichtermeer von Kerzen, die seine Äste von unten bis oben bedeckten. In der Tiefe sang leise eine Geige und ihre Töne begleitete, von hellen Stimmen getragen, die alte und doch ewig junge Weise: „Stille Nacht, heilige Nacht! …“ Zu Tränen gerührt, in wortlosem Entzücken, habe seine Mutter dem ewigen Lied gelauscht, bis der letzte Ton in der stillen Winternacht verklungen war. Dann habe sie in stummem Dank ihre beiden geliebten Söhne an die Brust gezogen und mit von Freudentränen gedunkeltem Blick zum Himmel hinaufgesehen, von dem weiße Flocken zur Erde herniedersanken. Er erinnert sich noch ganz deutlich, wie sich ihre Lippen bewegten, als sie Gott wohl um sein und Ottos Glück bat, das Wohlergehen ihrer beiden geliebten Kinder, das ihr so sehr am Herzen lag.
An all das musste Ludwig jetzt, am Heiligen Abend 1885, denken. Zwölf Jahre waren seither vergangen und um ihn war es Jahr für Jahr immer einsamer geworden. Seine Mutter kränkelte und sein Bruder Otto war mittlerweile wegen seiner schweren geistigen Erkrankung in Schloss Fürstenried interniert und in ärztlicher Behandlung. Die Regierung mokierte sich zunehmend über seine Bauschulden und kritisierte immer mehr seine Lebensweise, was ihn zutiefst verletzte.
Der Heiligabend 1885 war der letzte, den König Ludwig II. erlebte. Es war kein frohes Fest, sondern von großer Traurigkeit und Verlassenheit geprägt, so wie auch Silvester und der Beginn des neuen Jahres 1886, in dem sein Leben auf rätselhafte Weise enden sollte. Ob Ludwig II. sein Schicksal zu Weihnachten 1885 bereits ahnte, das weiß aber niemand. Nach den Weihnachtstagen verließ er Hohenschwangau, das Schloss seiner Kindheit für immer.

Das Märchen vom Neuen Jahr

Ist Weihnachten vorüber, geht das Jahr zu Ende und alle freuen sich auf die Jahreswende.

Es ist pechschwarze Nacht. Da knattert es auf einmal und kracht. Blaue, rote, gelbe Funkenräder und Feuerkugeln steigen zum Himmel hinauf. Sie knallen, zerplatzen und leuchten auf. Dann sinken sie zu Boden und verlöschen dort. Aber schon fliegen neue Raketen von unten fort. Güne, violette, orange glühen, funkeln, glitzern, strahlen auf, zersprühen. Seht nur hier! Und dort oben, schaut! „Prosit! Neujahr!“, rufen die Leute laut. Sie fallen sich in die Arme und wünschen sich Gesundheit und Glück. Das alte Jahr zieht sich jetzt leise zurück. Es ist vergangen. Das neue Jahr hat eben angefangen. Es ist Silvesternacht. Mit einem funkensprühenden Feuerwerk wird das junge Jahr geweckt. Es erwacht. Hinten am Waldesrand schreitet eine Gruppe dunkler Gestalten. Nach ein paar Sekunden taucht die erste unter, die zweite … schnell ist die Gruppe zwischen den Bäumen verschwunden. „Das war das alte Jahr“, flüstert die Waldfee scheu.

„Aber seht, dort kommt schon das nächste Jahr, es ist neu.“ Die Glocken beginnen im Ort zu läuten. Was soll das bedeuten? Es erscheint jetzt das neue Jahr, ein König im goldenen Mantel, wunderbar. Er setzt sich auf den Neujahrsthron und strahlt. Die Nacht ist eisigkalt. Der König ruft: „Kommt ihr vier Jahreszeiten, kommt her geschwind! Hört ihr, das neue Jahr beginnt!“ Da erscheinen die vier Jahreszeiten:

Der Schneefürst ist des Winters Begleiter.
Der Blumenprinz regiert im Frühling weiter.
Im Sommer ist der Sonnengraf dran.
Der Laubbaron kommt im Herbst sodann.

Sie verbeugen sich vor dem König, dem neuen Jahr, und reichen ihm ihre Kronen dar. Die Kronen blitzen. Vier Kronen sind es, für jede Jahreszeit eine. Jede Krone zieren drei Monatsspitzen und auf jeder erstrahlen drei Edelsteine.

Der König nimmt ohne Eile die oberste Krone nach einer Weile und gibt sie dem Schneefürst zu leihen. Er hat im Januar und Februar die Macht und schon beginnt es über Nacht ganz sacht und leise zu schneien. Glitzernder Schnee fällt vom Himmel. Ein dichtes Flockengewimmel. Überall liegt bald tiefer Schnee, sogar auf dem See.

Aus dem Wald hüpft ein lustiger Bursche mit weißer Mütze und weißen Stiefeln. Ihm gefällt das kalte Wetter. Weiß sind auch seine Jacke und seine Hose aus Pelz. „Hurra", ruft er, „ich bin der Januar, der erste Monat im neuen Jahr! Hör, Schneefürst, 31 Tage will ich bei dir bleiben und dir und mir die Zeit vertreiben. Ich bin der jüngste Diener und habe nur Unsinn im Sinn, weil ich der Zeitvertreiber bin!"

Der Schneefürst lächelt dem quicklebendigen Burschen zu. Und schon tobt er herum, der Zeitvertreiber Januar, im Schnee. Er gibt keine Sekunde Ruh. Er ist der kälteste Wintermonat. Er treibt die Leute ins warme Haus. Nur in dicken Kleidern traun sie sich auf die Straßen hinaus. Er bringt Kälte, Frost, Schnee und Eis und macht Wald, Wiesen und Straßen schneeweiß. Die Tage sind kurz, die Nächte lang. Wenn er im Schneesturm wild pfeift, wird den Kindern bang. Mit dem dicken Schneemantel schützt der Schneefürst Saaten und Rasen vor dem Bengel, dem frechen. Mit dem Eisschild deckt er die Teiche und Seen zu, damit die Kinder nicht ein-

brechen und die Fische nicht erfrieren. Die kauern tief unten im Wasser, ohne sich viel zu rühren.
Und was macht der Zeitvertreiber jetzt? Schwupp! Er hat sich aufs Fensterbrett gesetzt Er malt auf die Fenster Eisblumen und Schneesterne. Die Kinder sehen sie gerne an. Und er mag die Kinder, der kleine Mann. Er lockt sie ins Freie. Fröhliche Schreie ertönen bei Schneeballschlacht und beim Schneemannbau'n. Der Zeitvertreiber liebt es, den Kleinen und Großen beim Schlitten-, Ski- und Schlittschuhfahren zuzuschau'n. An die armen Tiere denkt er nicht, der herzlose Wicht. Der Hunger tut jedem Hasen, dem Hirsch, dem Vogel, dem Reh bitter weh. Manche Tiere schlafen sich den Winter über lieber aus, so der Igel, der Dachs, der Hamster, die Haselmaus und das Eichhörnchen hat es besonders nobel in seinem Baumnest, dem warmen Kobel.
He, ihr Vögel, fliegt rasch dort zum Futterhäuschen hin! Hanf, Sonnenblumenkerne, Maiskörner liegen darin. Hörst du die Amseln, Meisen, Krähen, Tauben und Spatzen genüsslich schmatzen? Und ist das Häuschen leer, bringen die Kinder neues Futter her. Ganz weit hinten sieht man im Wald die Heiligen Drei Könige verschwinden: Kasper, Melchior und Balthasar waren am 6. Januar da. Sie haben das Christkind in der Krippe geseh'n im Stall zu Bethlehem, es war schön. Gold, Weihrauch und Myrrhe waren die Gaben, die sie dem Jesuskind gegeben haben. Ganz in der Ferne sieht man sie heimwärts gehn. Der Zeitvertreiber Januar ruft ihnen nach: „Auf Wiedersehn ...!" – 28 ... 29 ... 30 ... 31 Tage sind bald vorüber. Der Schneefürst winkt zum Zeitvertreiber Januar hinüber. Der lacht: „Ich geh ja schon!" Hui, tobt er in einem Schneesturm davon. Eins, zwei, drei – und der Januar ist vorbei.
„Ich mach weiter im Jahr, schreit übermütig ein and'rer Bursche in kunterbunten Kleidern. Ist das nicht der Hofnarr Februar? Der

Schneefürst will ihn begrüßen. Aber der Hofnarr wirft sich in den Schnee und streckt die Beine in die Höh'. Er will wohl mit den Füßen den Schneefürst begrüßen. „Machst du immer solchen Unsinn", fragt der. „Ja", ruft er, „weil ich der kürzeste und verrückteste Monat bin. Ich werde nur 28 Tage alt – Halt! Alle vier Jahre lebe ich sogar 29 Tage lang. Dann bin ich vorbei und es ist Frühlingsanfang.

Auf einmal ertönen Trommeln, Pfeifen, Humptatata! Der Fasching ist da! Er heißt auch Fastnacht oder Karneval. Rums! Ein Knall! Die Narren machen einen Überfall aufs Land mit Maskentreiben, Pappnasen und im Narrengewand. Im Konfettiregen kommt das Faschingsprinzenpaar auf dem Papierschlangenwagen. Es regiert an den närrischen Tagen. Da wird getobt und gelacht. Dann ist plötzlich Aschermittwoch nach der Faschingsdienstagsnacht. Pappnasen und Masken werden verbrannt. Der Hofnarr Februar winkt traurig hinterher mit der Hand.

Langsam werden die Tage wieder länger. Die Sonne steigt hoch und kommt wieder näher zur Erde her. Die Tage dauern schon ein paar Stunden mehr. Da winkt der Schneefürst den Hofnarren zu sich her und sagt „Ach, Februar, die Winterzeit ist nun gleich vorbei! Jetzt kommt der Blumenprinz im März, April und Mai. Lass uns jetzt gehen. Der Schnee schmilzt schon. Bald wird man keinen mehr sehen." „Na gut", ruft der Hofnarr, „aber du musst mir versprechen, dass wir uns am Frühling, der uns frech vertreibt, zum Spaß noch ein wenig rächen." „Meinetwegen", lacht der Schneefürst, „mit Frost, Eis und Schnee, wie jedes Jahr. März und April kennen das eh." „Jawohl", jubelt der Hofnarr, „wir werden uns trauen und den Frühlingsanfang tüchtig versauen!" „Ach je", stöhnt da der Schneefürst, „mir schmerzt schon mein Herz!" „Ich weiß warum", schimpft der Hofnarr. „Dort naht schon der März und deine Zeit geht zu Ende!"

Jetzt legt der Jahreskönig die zweite Krone dem Blumenprinzen in die Hände. Und das Jahr geht weiter. Nach Frühling regiert der Sommer und dann der Herbst“, ruft der Hofnarr heiter. „Doch dann sind wir Wintergesellen abermals dran und ein neues Jahr fängt mit uns wieder an.
So vergeht Jahr um Jahr schon seit Ewigkeit und sicher auch noch für die nächste Zeit!“

Weitere Bücher aus unserem Sortiment

Pius Detterbeck
hg. von Wolfgang, Roland und Franziska Detterbeck
Staade Zeit
Mundartgedichte und Geschichten
zur Weihnachtszeit
1. Auflage 2022, 112 Seiten,
Format 13,5 x 20,5 cm, s/w bebildert, Hardcover
ISBN 978-3-95587-812-2 · Preis: 16,90 €

Pius Detterbeck
hg. von Wolfgang, Roland und Franziska Detterbeck
Advent, Advent
Mundartgedichte und Geschichten
zur Weihnachtszeit
1. Auflage 2023, 108 Seiten,
Format 13,5 x 20,5 cm, s/w bebildert, Hardcover
ISBN 978-3-95587-823-8 · Preis: 17,90 €

Alfons Schweiggert
Bayerische Märchen
3. Auflage 2022, 344 Seiten,
Format 13,5 x 20,5 cm, Hardcover
ISBN 978-3-95587-802-3 · Preis: 19,90 €

Alfons Schweiggert
Von Nebelfrauen & Schneegespenstern
Schaurige Weihnachts- & Wintergeschichten aus Bayern
1. Auflage 2025, 160 Seiten,
Format 13,5 x 20,5 cm, Hardcover
ISBN 978-3-89251-553-1 · Preis: 19,90 €

Heimat
battenberg
bayerland

Battenberg Bayerland Verlag GmbH
Pfälzer Straße 11 · 93128 Regenstauf
Tel. 0 94 02 / 93 37-0
E-Mail: info@battenberg-bayerland.de

Fordern Sie kostenlos unser Verlagsprogramm an!
Unser komplettes Programm mit Leseproben finden Sie online unter
www.battenberg-bayerland.de/heimat